AF176553

Catherine May

# DIE SCHWARZE WITWE

Erotische Erzählung

Crossdresser-Erzählungen
Band 10

Bibliographische Information der Deutschen Nationalbibliothek:
Die Deutsche Nationalbibliothek verzeichnet diese Publikation
in der Deutschen Nationalbibliografie. Detaillierte bibliografische
Daten sind im Internet unter http://dnb.dnb.de abrufbar.

Herstellung und Verlag:
BoD – Books on Demand, Norderstedt

ISBN: 978-3-7519-0548-0

# Vorspiel

Wenn eine Frau so aussieht, hat sie es einfacher im Leben! Vollkommen regelmäßige Gesichtszüge, blonde Mähne, volle Lippen – wie der Busen, dessen freizügig präsentiertes Dekolletee nichts weniger als das Paradies auf Erden verheißt. Sich dahinein zu verlieren, musste sein, wie nach langer Abwesenheit nach Hause zu kommen, in die warme Stube, ins heiße Bett ...

Für einen Augenblick verlor sich Martin in diesen Gedanken. Wenn sie nicht so bitter gewesen wären, hätte er vielleicht sogar versucht, selbst bei dieser Frau zu landen, von der er spürte, dass sie eigentlich einer anderen Welt angehörte als der seinen: So eine Frau hatte ihn bisher immer eingeschüchtert. Aber nun, da sie so ganz unverhofft in seine Familie hineindrängte, schienen ihm die Grenzen nicht mehr so hoch zu sein. Immerhin saß sie auf dem Sofa in dem ihm so wohlbekannten Wohnzimmer, in dem sich, so lange er denken konnte, nur Angehörige der Familie und enge Freunde seines Großvaters aufgehalten hatten.

Sein Opa, zu dessen Haus dieses Wohnzimmer gehörte, war ein eher scheuer Mann. Er war nicht so alt, wie es die Bezeichnung „Opa" nahelegen konnte. In seiner Familie hatten immer alle früh geheiratet – oder jedenfalls Kinder bekommen – und so war auch sein Großvater eigentlich noch in den so genannten besten Jahren. Allerdings hatte er in den vergangenen Jahren mehr Zeit in Krankenhäusern zugebracht als zu Hause, und noch immer war nicht ganz klar, woran er aktuell eigentlich litt. Tatsache war nur, dass er weiter an Gewicht verlor. Dabei sah er eigentlich gesund aus. Aber er nahm ab. Das war unbestreitbar und bisher auch unaufhaltsam. Jedenfalls waren die Ärzte nun am Ende ihres Lateins und bis sie auf neue Ideen kamen, verbrachte sein Großvater wieder einmal einige Zeit zu Hause.

Und da war plötzlich diese Frau aufgetaucht. Jünger noch als Martin, wenn auch so sehr Frau, wie man es sich nur vorstellen konnte. Es war nicht ganz klar, wo sie eigentlich hergekommen war. Martin war sich nicht sicher, aber sie musste irgendetwas mit dem Krankenhaus zu tun haben.

„Also", begann er, als die junge Frau Atem schöpfen musste, um weiterreden zu können, „ich habe das nicht ganz verstanden: wie habt ihr euch denn nun kennengelernt?"

Der Opa, der ebenfalls auf dem Sofa saß und dessen Hand die Frau hielt, als sei das schon seit 30 Jahren so, winkte ab. „Lass doch diese unerfreulichen Geschichten. Ich will nicht an's Krankenhaus erinnert werden!"

„Ich meine nur", versuchte Martin sich zu rechtfertigen. „Ihr habt euch also im Krankenhaus kennengelernt."

„Weil du es unbedingt wissen willst", nahm nun die Frau, deren Namen sich Martin vor lauter Verwirrung noch immer nicht gemerkt hatte, das Wort wieder an sich, „ich habe deinen Opa kennengelernt, als ich dort einen Krankenbesuch machte. Er saß mutterseelenallein in der Cafeteria und ich fand dieses Bild so anrührend, dass ich mich unbedingt zu ihm setzen musste."

„Und wen hast du dort besucht?"

„Das tut doch jetzt nichts zur Sache, oder?" versetzte

sie – etwas scharf, wie Martin fand. „Jedenfalls haben wir uns ganz wunderbar unterhalten. Es war fast so, als wenn wir uns schon immer gekannt hätten. Als wenn wir sozusagen seelenverwandt wären."

„Ach, seelenverwandt …", entfuhr es Martin, der das vage Gefühl hatte, die meisten der Formulierungen, die sie verwendete, irgendwo schon einmal gehört zu haben.

„Ja, seelenverwandt. Wir verstanden uns auf Anhieb. Und dabei war es ganz offensichtlich, dass es ihm ganz und gar nicht gut ging. Die Ärzte hatten ihm gerade einfach so gesagt, dass sie nicht weiterwüssten und dass sie ihn erst einmal nach Hause schicken wollten, bis die Untersuchungsergebnisse alle ausgewertet sein würden und sie sich über ihr weiteres Vorgehen klar geworden seien. Und damit hatten sie ihn ganz allein dort sitzen lassen."

„Aber hattest du darüber nicht vorher mit Mama gesprochen?", wandte sich Martin wieder an seinen Opa, „ich dachte, ihr hättet miteinander telefoniert."

„Ach, Telefonate!" Die junge Frau schien die Kontrolle über das Gespräch nicht aus der Hand geben zu wollen. „Es ist doch etwas ganz anderes, ob man durch einen Telefonhörer spricht und Informationen austauscht oder persönlich miteinander redet. Ist es nicht so, Richie?" Und dabei streichelte sie betont liebevoll die Hand des alten Mannes.

‚Richie!', dachte Martin. Sein Großvater hieß Heinrich. Niemand in der Familie hatte ihn jemals ‚Richie' genannt. Überhaupt war diese Art von Kosenamen in seiner Familie bisher gänzlich unüblich. Sein Großvater war sogar derjenige gewesen, der sich am vehementesten gegen diese ‚Amerikanisierung' gewendet hatte.

Jetzt war er also ‚Richie'. Interessant.

„Jedenfalls weißt du jetzt, wie wir uns kennengelernt haben", knurrte der Opa und beendete damit kurzerhand das Gesprächsthema.

„Und was genau machst du so?", wandte sich Martin daraufhin an die Frau und bemühte sich mit wenig Erfolg, nicht in ihr einladendes Dekolletee zu starren, „ich meine: beruflich."

„Wird das hier jetzt ein Verhör?", fuhr sein Opa sofort wieder dazwischen und Martin empfand das als so aggressiv, dass er instinktiv in seinem Sessel zurückwich.

„Nein, lass ihn nur, Liebster!" Wieder streichelte sie seine Hand, zog sie zu sich und legte sie auf ihren Oberschenkel – einen makellosen Oberschenkel selbstverständlich, scheinbar nackt, in Wirklichkeit unter dem kaum sichtbaren Stoff einer Feinstrumpfhose. Ihre Oberschenkel, die dicht nebeneinander lagen, sahen unter einem in Martins Augen überraschend kurzen Rock hervor. „Er weiß doch noch gar nichts von mir."

„Er weiß genug! Mehr muss er gar nicht wissen."

Martin räusperte sich. „Entschuldige bitte, Opa, ich war vorhin bei der Begrüßung ein bisschen abgelenkt … überrascht, vielleicht, so dass ich nicht alles richtig mitbekommen habe. Daher wäre ich dankbar …"

Ihre Hand tätschelte nun beruhigend den großväterlichen Oberschenkel. „Das ist ja ganz verständlich. Allerdings kann ich jetzt leider nicht länger bleiben. Ich muss mich sowieso schon beeilen. Um fünf muss ich am Bahnhof sein und die Zeit wird schon knapp."

Damit erhob sie sich vom Sofa, auch der Opa und Martin standen auf.

„Es war schön, dich kennengelernt zu haben", sagte

sie, als sie an Martin vorbei in Richtung Tür ging. Sie reichte ihm die Hand. „Ich hoffe, wir sehen uns bald einmal wieder."

Martin nahm die Hand und drückte sie leicht. Sie war sehr schmal, wirkte aber durchaus nicht zerbrechlich, sondern überraschend kräftig. „Das hoffe ich auch, denn wenn ich es richtig verstanden habe, gehörst du ja jetzt sozusagen zur Familie, oder nicht?"

Sie lachte und wurde im nächsten Augenblick vom Großvater zur Tür hinaus geschoben.

Durch den Spiegel an der Wand im Flur konnte Martin vom Wohnzimmer aus sehen, dass die beiden sich zum Abschied an der Haustür innig küssten. Die Frau wirkte neben seinem Großvater groß, aber dennoch schmal und hatte ganz unverkennbare Kurven. Sie war sicherlich eine Schönheit, wenn man die Chance hatte, sie unter anderen Umständen kennenzulernen. Aber in diesem Augenblick war Martin nur verwirrt.

Als der Opa ins Wohnzimmer zurückkehrte, saß Martin wieder im Sessel und nippte an seinem Kaffee. Dieser war inzwischen nur noch lauwarm, aber auch heiß war er ihm wie dünne Brühe vorgekommen, kaum wie richtiger Kaffee. Dabei konnte sein Opa ausgezeichneten Kaffee kochen, wie er wusste. Er hatte einen sündhaft teuren Kaffeeautomaten.

„Was ist mit deinem Kaffee?", nahm er daher diesen Gedanken als möglichst unverfänglichen Anknüpfungspunkt. „Ist die Maschine kaputt?"

„Wieso? Was ist mit ihm?"

„Er ist so dünn. Normalerweise kochst du doch immer viel stärkeren Kaffee."

„Den habe ich nicht gemacht", erwiderte sein Opa und Martin fiel wieder der ungewohnt scharfe Ton auf, mit dem er sprach.

Dann saßen beide eine längere Zeit schweigend da.

Bis sein Opa sich schließlich einen Ruck zu geben schien, sich räusperte und zum Sprechen ansetzte.

„Dass ich Simone getroffen habe, ist ein großer Glücksfall. Sie ist so mitfühlend und verständnisvoll. Seitdem Ursula gestorben ist, war ich immer allein und habe nie jemanden gehabt, mit dem ich meine Gedanken und Sorgen wirklich hätte teilen können. In der Situation, von der sie vorhin erzählt hat, war sie für mich in geradezu aufopferungsvoller Weise da." Er machte eine Pause und schien in Gedanken zu versinken.

„Aber Mama war doch auch für dich da", versuchte Martin einzuwenden, der sich mehr und mehr über die sich abzeichnende Tendenz dieses Gesprächs wunderte. Ihm war in der vergangenen Zeit nicht aufgefallen, dass seinem Opa etwas gefehlt hätte, Gesellschaft oder Rat oder Beschäftigung, im Gegenteil schien er nicht selten eher für sich allein sein zu wollen. Er hatte immer etwas zu tun gehabt und es gab auch noch eine Reihe von Freunden, mit denen er gern und viel Zeit verbracht hatte.

„Ach … ja, natürlich … aber bei ihr ist es doch immer Pflicht. Sie *muss* sich um ihren alten Schwiegervater kümmern, so lange der noch nicht abtritt. Das gehört sich so, das macht man so als Schwiegertochter."

„Aber …"

„Was ich bei Simone erlebe, ist etwas ganz anderes."

„Sie könnte deine Tochter, sogar deine Enkelin sein."

„Ach, komm mir nicht mit diesem blödsinnigen Geschwätz!" Wieder war da diese ungewohnte Heftigkeit. Zugleich schämte sich Martin für seine eigene, abgedroschene Bemerkung. Schließlich war sein Opa noch keineswegs ein seniler Trottel und selbst einen wirklich alten Mann stellte er sich anders vor. Und wer war er selbst, dass er seinem Großvater eine Moralpredigt halten durfte!

Für einige Augenblicke war es still im Zimmer. Martin war sich nicht sicher, ob er sich entschuldigen sollte.

„Ich wusste nicht mehr, dass man nicht alles mit sich allein ausmachen muss", nahm der Opa nach einiger Zeit den Faden wieder auf. „Dass man Hilfe von anderen annehmen kann. Simone hilft mir einfach sehr gern, und noch mehr: sie weckt Gefühle in mir, von denen ich schon lange geglaubt hatte, dass es sie für mich nicht mehr gibt – in meinem Alter," fügte er mit deutlich sarkastischem Unterton hinzu, „wie du ja selbst so treffend festgestellt hast. Man meint ja, dass es ganz natürlich sei, dass man sich in diesem Alter langsam in den Zustand des Scheintods begeben würde."

Martin wagte nicht, sich zu bewegen.

Aber sein Großvater schien den Gedanken nicht weiter ausführen zu wollen. Er schwieg über eine längere Zeit. Dann räusperte er sich wieder und straffte seinen Rücken.

„Um es kurz zu machen: Ich will mit ihr den Rest meines Lebens verbringen – auch wenn das vermutlich nicht allzu lange sein wird."

Obwohl Martin soetwas schon erwartet hatte, war er nun doch überrascht. Sein Verstand hatte diese Möglichkeit bereits erwogen, aber sein Gefühl hätte immer abgestritten, dass es soetwas im ‚richtigen Leben' gibt.

Doch nun hatte sein Opa genau dies gesagt.

Wieder verging einige Zeit, bis Martin leise fragte: „Willst du sie heiraten?"

„Selbstverständlich!" Erneut kam die Antwort heftiger als nötig.

Martin nickte. Er machte eine kurze Pause, bevor er die nächste Frage stellte: „Wann?"

„So bald wie möglich."

Wieder eine deutliche Pause. Bis der Großvater zu seinem wirklichen Schlag ausholte: „Und das heißt auch, dass ich mein Testament ändern werde." Er zögerte kurz, bevor er hinzufügte: „Sie wird alles bekommen."

Martin war sich nicht sicher, ob er damit hinausgeworfen werden sollte – aus der Wohnung und aus dem Leben des Großvaters.

Er war der einzige Neffe und mit Ausnahme seiner Mutter bisher auch der einzige Erbe. Mit Blick darauf hatte sein Großvater mit ihm schon Vieles besprochen, es waren bereits eine Reihe von Regelungen getroffen worden, die nicht zuletzt dem Zweck dienen sollten, Erbschaftssteuer zu sparen. Martin hatte bisher keinen Anlass gesehen, sich betont dankbar seinem ‚Erb-Opa' gegenüber zu verhalten – sie hatten ein gutes, vertrauensvolles Verhältnis gehabt. Es war alles ganz natürlich gewesen, so wie es war. Martin mochte seinen Opa sehr, er achtete ihn und hatte Vieles von ihm gelernt. Zugleich hatte er ihm bei Vielem geholfen oder war einfach bei ihm gewesen. Dass er sich allein fühlte und sich so sehr nach vertrauterer Gesellschaft sehnte, war ihm neu.

Aus seiner Sicht gab es keinen Anlass zu einer drastischen Maßnahme wie einer Enterbung. Im Klartext hieß die Ankündigung seines Opas, dass er, Martin, von jetzt an in seinem Leben keine Rolle mehr spielen würde. Und dass der Opa auch mit der Vergangenheit unzufrieden war.

Der Opa hatte in seinem Leben viel gearbeitet, er selbst hatte aber bereits mit einem nicht unansehnlichen Erbe begonnen. Aus all dem war ein Vermögen geworden, mit dem es sich gut leben ließ. Es gab einige Immobilien, nicht zuletzt Haus und Hof, den der Opa bereits von seinem Vater übernommen hatte, es gab Aktienfonds und einiges an Gold, das in einem Bankschließfach lag und dem Großvater über alle Finanzkrisen hinweg seine Gelassenheit erhalten hatte.

Und das sollte nun alles an diese Frau mit dem tiefen Dekolletee gehen, die so ganz zufällig im Krankenhaus aufgetaucht war und den alten Mann in aufopferungsvoller Weise getröstet hatte? Und die sich dann auch noch als seine ‚Seelenverwandte‘ offenbart hatte?

Je länger Martin über all das nachdachte, desto ungeheuerlicher erschien es ihm. Die wildfremde Frau, die ihm zunehmend suspekt erschien, würde keinen Augenblick zögern und den gesamten Besitz zu Geld machen, noch bevor der Körper seines Opas richtig kalt geworden war. Ihm selbst und seiner Mutter würde außer dem bescheidenen Pflichtanteil nichts davon zufallen. Sie beide wohnten in einer Wohnung in einem Haus, das ebenfalls dem Großvater gehörte; wahrscheinlich würde auch dieses sozusagen ‚unter ihrem Hintern weg‘ verkauft und sie demnächst Miete an irgendeinen profitgeilen Immobilien-Hai zahlen müssen.

So traurig ihn diese Aussichten machten, so schwer fiel es ihm, das ‚Enterbtwerden‘ nicht persönlich zu nehmen.

Aber so war es von seinem Opa sicher nicht gemeint.

Die Frau, Simone, hatte irgendetwas mit ihm angestellt, so dass bei ihm offensichtlich einiges durcheinander geraten war. Die Situation war für sie natürlich günstig, so mitten in der Unsicherheit, in der die medizinische Ratlosigkeit ihn hielt. Da war sie ganz zufällig genau zum richtigen Zeitpunkt gekommen …

Irgendwann, als ihm die Stille offenbar unangenehm wurde, stand der Opa auf, blieb kurz stehen, nickte Martin zu und verließ wortlos das Wohnzimmer. Damit war das Gespräch beendet.

Es dauerte gute drei Wochen, bis der Zustand des Opas so schlecht wurde, dass er wieder ins Krankenhaus musste. Er schien ganz einfach zu verhungern, selbst wenn er aß. Man begann mit künstlicher Ernährung, aber auch das half nicht. Der Körper schien sich geradezu auflösen zu wollen und nichts schien ihn davon abhalten zu können.

Martin besuchte den Opa regelmäßig. Dessen Stimmung schwankte stark. Manchmal war er fast euphorisch. Meist hing dies mit Besuchen von Simone zusammen, die offenbar ebenfalls regelmäßig kam und einige Zeit an seinem Krankenbett saß. Wäre da nicht die Sache mit dem Testament gewesen, hätte Martin beinahe glauben mögen, dass sie ihm guttat. Allerdings wechselten diese Phasen mit solchen tiefster Niedergeschlagenheit. Dann machte sein Opa einen so deprimierten Eindruck, wie Martin es an ihm eigentlich nicht kannte. Aber er traute sich nicht, diese Beobachtungen anzusprechen.

Eines Morgens kam Martin ungewöhnlich früh in die Klinik, da eine Veranstaltung in seinem Stundenplan ausgefallen war. Auf dem Flur begegnete ihm ein

Herr im schwarzen Anzug, der aus dem Zimmer seines Opas herauskam und offenbar sehr gut gelaunt war.

Im Zimmer erwartete Martin ein seltsamer Anblick. Auch der Opa, der am Tisch neben seinem Bett saß, trug einen schwarzen Anzug mit goldener Krawatte, und neben ihm saß Simone in einem goldenen Kleid, das entfernt Ähnlichkeit mit einem Brautkleid hatte. Ein Blumenstrauß, der farblich einigermaßen zum Kleid passte, stand in einer einfachen Vase auf dem Tisch gegenüber dem Krankenbett.

Alles war, wonach es aussah: Die beiden hatten soeben geheiratet, hier in der Krankenhauskapelle. Der Herr, der soeben das Zimmer verlassen hatte, war einer der Trauzeugen gewesen, und nun wollten sie in ein Restaurant direkt neben dem Krankenhaus gehen, um wenigstens mit einem kleinen, festlichen Essen den Anlass zu begehen. Martin, der von allem nichts gewusst hatte, konnte es nicht verhindern, aber nun wurde er eingeladen, mitzugehen und mit seinem glücklichen Opa und seiner neuen Großmutter zu feiern, auch wenn er sich nicht eben willkommen fühlte und außerdem nicht die entsprechende Garderobe trug.

In den folgenden Wochen zog sich alles endlos hin. Die medizinischen Erfolge blieben weiterhin aus. Unterbrochen von ganz kurzen Phasen einer scheinbaren Trendwende, ging es dem Opa immer schlechter.

Vier Wochen nach der Hochzeit war Simone plötzlich weg. Der Opa erzählte, sie habe dringend Urlaub gebraucht und sei mit einem Freund für ein paar Tage nach Mauritius geflogen.

„Nach Mauritius?", fragte Martin konsterniert, „so weit weg?"

Der Opa nickte.

„Ist das nicht ein bisschen …, ich meine …, gerade jetzt?"

„Es war ein günstiges Angebot. Sie reist für jemanden mit, der ausgefallen ist, und braucht fast nichts zu bezahlen."

„Aber wenn dir nun …" Martin ließ den Satz unvollendet.

„Sie kann ja innerhalb von 12 Stunden hier sein. Das ist alles kein Problem! Sie braucht ja auch einmal eine Pause von all dem hier. Sie ist schon ganz dünn geworden."

Aber als er dann eine Woche später starb, war sie doch nicht da. Man hatte sie nicht erreichen können, die Nachrichten auf ihrer Mailbox waren unbeantwortet geblieben. Der Opa starb mitten in der Nacht, während Martin an seinem Bett saß und in den frühen Morgenstunden erschöpft eingenickt war. Sein Leben verlosch einfach, still und leise. Als Martin in der Morgendämmerung aufschreckte, war die Brust seines Großvaters vollkommen ohne Bewegung, und als er seine Hand berührte, war sie schon fast kalt.

# Der Plan

Martin hatte Zeit gehabt, über alles nachzudenken. In den endlosen Stunden, die er am Kranken-, dann am Sterbebett seines Großvaters gesessen hatte, war ihm die Geschichte mit der überstürzten Heirat zunehmend suspekt erschienen, wie eine abgekartete Sache. Welches Interesse hätte Simone haben können, diesen alten, sterbenskranken Mann zu heiraten, wenn sie nicht nur auf sein Geld aus war? Nicht einmal in den wenigen Tagen, die seinem Opa noch zu leben geblieben waren, war ihre so genannte Liebe groß genug gewesen, um bei ihm zu bleiben. Stattdessen hatte sie Urlaub gebraucht! Noch dazu am anderen Ende der Welt. Zwölf Stunden? Das mochte die reine Flugzeit sein, aber hinzu kamen weitere Wege. Und seitdem sie weg war, hatte sie sich nicht gemeldet, hatte nicht einmal nachgefragt, nicht versucht, seinen Opa aufzuheitern oder ihm das Gefühl zu geben, dass er nicht allein war, dass sie da sein würde, wenn er sie brauchte. War nicht das angeblich ihre große Tat gewesen, die den Opa so sehr für sie eingenommen hatte, dass er sie geheiratet und sein Testament geändert hatte?

Oder hatte sie irgendetwas gegen ihn in der Hand gehabt? Martin konnte sich soetwas nicht vorstellen – sein Großvater war ein aufrechter Mann gewesen, mit gesunden und lebbaren Moralvorstellungen. Er war nicht immer nur die ganz geraden Wege gegangen in seinem Leben und hatte sich die Welt auch manchmal ein wenig so zurechtgebogen, wie er sie brauchen konnte. Aber wer tat das nicht hin und wieder? Und dass er etwas getan hätte, mit dem ihn irgendjemand ernsthaft hätte unter Druck setzen können, das konnte sich Martin nicht vorstellen.

Je länger er darüber nachdachte, desto sicherer war er sich, dass sich Simone seinem Großvater von vorneherein in betrügerischer Absicht genähert hatte. Vielleicht machte sie das öfter. Möglicherweise war das Krankenhaus ihr Revier, in dem sie scheinbar einsame, sterbende Männer aufspürte, sie mit ihren nicht eben bescheidenen weiblichen Reizen umgarnte, ihnen noch ein paar schöne Tage bescherte, um sie dann dazu zu bringen, ihr Testament zu ihren Gunsten zu ändern. Wer weiß, wie oft sie schon verheiratet gewesen war – war das überhaupt kriminell im Sinn des Gesetzes? Sie tat zwar etwas moralisch nicht ganz Astreines, aber … Kriminell war es nur, wenn sie bereits verheiratet war und zeitgleich eine zweite Ehe einging.

Dabei fiel ihm der seltsame Trauzeuge wieder ein, den er später im Restaurant als ein wenig laut und großspurig erlebt hatte. Eigentlich würden die beiden nicht schlecht zueinander passen, fand er. Gleiches Alter, ähnliche Haarfarbe, er war einen halben Kopf größer als sie, sportlich – sah nicht schlecht aus, wenn man unvoreingenommen an die Sache heranging. Wahrscheinlich lagen die beiden gerade gemeinsam irgendwo am Strand und verprassten schon einmal ein wenig von dem Geld, das nun ihres war.

Das eigentlich …

Martin sah sich plötzlich vor seinem inneren Auge an einem Scheideweg: Das Geld war doch eigentlich seins.

Er hatte nun zwei Möglichkeiten. So abgenutzt dieses Bild vom Scheideweg war, tatsächlich lag die Entscheidung einzig und allein bei ihm selbst. Er musste wählen zwischen den beiden Wegen, die sich nun vor ihm auftaten.

Der eine Weg: Er konnte weiter versuchen, die junge Witwe zu erreichen, sie über den Tod ihres Ehemanns informieren und sich ansonsten in seinem Selbstmitleid suhlen. Schließlich ließ ihn das nicht kalt, dass das eigentlich *sein* Geld war, das Simone vermutlich kommentarlos an sich nehmen und damit auf Nimmerwiedersehen verschwinden würde. Mit diesem Geld hätte er sich nach seinem Studium eine Existenz aufbauen können, und auch seine Mutter hätte sich für den Rest ihres Lebens keine Sorgen mehr um's Geld machen müssen. Gerade dieser Gedanke, der Gedanke an die Mutter, gab ihm einen besonderen Stich.

Oder er konnte sozusagen das moralische Recht geltend machen und das Erbe antreten. Simone war nicht da, und so lange das so war, konnte er versuchen, so viel von dem Vermögen an sich zu bringen, wie möglich. Niemand konnte bestreiten, dass das eigentlich sein gutes Recht war. Kein Mensch, der an Gerechtigkeit glaubte, würde ihm das streitig machen wollen.

Stellte sich allerdings die Frage, wie er es bewerkstelligen sollte, an dem juristisch vorgegebenen Weg vorbei an das Erbe heranzukommen. Offensichtlich war die Heirat rechtens und auch das Testament war gültig geändert, darüber gab es keinen Zweifel.

Martin brauchte zwei Tage, in denen er recherchierte und nachdachte. Er sprach mit Freunden, die sich im Erbschaftsrecht auskannten, und mit solchen, die ihm halfen, kreativ zu sein und unkonventionell zu denken. Dann war sein Plan fertig.

Am Abend nach dem Tag, an dem sein Großvater beerdigt worden war – Simone war weder zur Beerdigung noch später aufgetaucht –, traf er sich mit zwei Freunden, die er noch aus der Schulzeit kannte. Andreas hätte er als seinen besten Freund bezeichnet, wenn jemand soetwas von ihm verlangt hätte, und Carsten stand dem nur wenig nach. Doch während Andreas eine künstlerische Ausbildung anstrebte, bisher aber an keiner Kunsthochschule aufgenommen worden war, startete Carsten gerade als Jurist durch – schon als Student gehörte er im Institut zum Lehrkörper, betätigte sich als Tutor und wurde überall wegen seiner Kenntnisse, seines scharfen Verstands und seiner pädagogischen Fähigkeiten geschätzt. Dennoch hatte er seine Schulkameraden keineswegs vergessen, war gern und häufig mit ihnen zusammen.

Sie trafen sich in der Wohnung, die Martin gemeinsam mit seiner Mutter bewohnte. Martin hatte Bier und Wein besorgt und der Pizza-Service würde demnächst eintreffen und eine Gruppen-Pizza und diverse Leckereien liefern.

Noch bevor die Pizza eintraf, bemerkten die beiden Freunde die Aufregung, in der Martin sich befand. Sie spürten, dass etwas im Busch war. Sie würden nicht einfach nur gemeinsam abhängen, wie sie das sonst gelegentlich machten – Martin hatte etwas, das er dringend mit ihnen besprechen wollte.

Und so dauerte es nicht lange, bis er anfing zu erzählen. Erst von seinem Opa und ihrer Beziehung. Von seinen wirtschaftlichen Verhältnissen und dass es für die kleine Familie, einschließlich des Opas, bisher das Natürlichste von der Welt gewesen war, dass das beträchtliche Erbe an Martin und seine Mutter gehen würde. Darüber hatte es nie auch nur den Ansatz eines Streits gegeben.

Und dann von Simone. Wie sie aufgetaucht, den Opa umgarnt und in ihre Falle gelockt hatte. Während Martin erzählte, fühlte er wieder die Erregung in sich aufsteigen, die ihn dazu gebracht hatte, den Scheideweg nicht in die Richtung des Versinkens in Selbstmitleid zu verlassen, sondern das Heft des Handelns selbst in die Hand zu nehmen. So war es kein Wunder, dass auch die Freunde schließlich seine Auffassung teilten, dass Simone von Anfang an in betrügerischer Absicht gehandelt hatte. Sich an einen alten, einsamen Mann heranzumachen, der nicht mehr lange zu leben hat, ein wenig die überreich vorhandenen, weiblichen Reize spielen zu lassen, um sich einen ordentlichen Teil des Kuchens zu sichern, das erschien keinem von ihnen abwegig, auch ohne dass Martin dies ausdrücklich äußerte. Sie folgten ihm in allem – bis hin zu dem Entschluss, nicht einfach tatenlos zuschauen zu wollen, bis Simone zurückkehrte, sich das erschlichene Erbe unter den Nagel riss und damit auf Nimmerwiedersehen verschwand.

„Aber was können wir tun?", fragte Andreas, nachdem sie sich darüber einig geworden waren, dass sie Martin dabei unterstützen wollten. „Hast du irgendwelche Vollmachten über die Konten deines Opas?"

Martin schüttelte den Kopf.

„Oder hat er dir schon irgendetwas überschrieben?"

„Das schon", gab Martin zu. „In den vergangenen Jahren hat er mir und auch meiner Mutter das eine oder andere zukommen lassen. Aber das waren alles nur Kleinigkeiten im Vergleich zu dem, um was es nun geht."

„Wie groß ist denn die Erbmasse überhaupt?", wollte nun Carsten wissen. „Nur damit wir mal so eine Vorstellung von der Größenordnung haben."

Als Martin die einzelnen Punkte aufzählte, pfiffen sie durch die Zähne.

„Okay, das lohnt sich!"

Eine Stille trat ein, in der Carsten Martin musterte, während Andreas sinnend an einem Stück Pizza kaute.

„Spuck's aus!", sagte Carsten plötzlich. „Du hast dir doch schon was überlegt. Also raus damit!"

Andreas sah auf. Plötzlich knisterte die Luft.

Martin nickte bedächtig. „Das ist richtig", sagte er und war sich bewusst, dass er auf die beiden angewiesen war, wenn er seinen Plan umsetzen wollte. Ohne sie, vor allem ohne den armen Andreas, ging es nicht, würde er keine Chance haben, an das Geld – und das Gold und die Immobilien – heranzukommen. Er durfte jetzt keinen Fehler machen.

„Also. Ich muss dir, Carsten, ja keinen Vortrag über Erbrecht halten. Es hätte keinen Zweck, das Testament anzufechten und würde auch viel zu lange dauern. Bis dahin wäre Simone – und vermutlich ihr Macker – damit längst über alle Berge."

Carsten nickte.

Andreas schaute gespannt von einem zum anderen.

„Simone wird also in jedem Fall ihr Erbe antreten, das können wir nicht verhindern. Richtig?"

Carsten nickte wieder. „Richtig."

„Okay." Martin räusperte sich. „Also können wir nur hier ansetzen: ‚Simone wird ihr Erbe antreten.' Nur: wo *ist* Simone?"

Er machte eine kleine Kunstpause.

„Derzeit hat es den Anschein, als sei sie im Indischen

Ozean verschollen. Vielleicht ist ihr Flugzeug abgestürzt oder sie hatte einen Unfall und liegt im Koma oder ... keine Ahnung, was einem alles so passieren kann. Vielleicht ist der Strand auch einfach viel zu traumhaft, um ihn einzutauschen gegen die Gesellschaft eines Sterbenden."

„Das tut ja auch nichts zur Sache."

„Richtig, das tut nichts zur Sache. Also: Simone ist nicht hier. Und eben das ist unsere Chance!"

Martin schaute erwartungsvoll in die Runde.

„Ich versteh kein Wort", grummelte Andreas, „wieso ist das unsere Chance?"

„Denk doch mal nach: Wer von den Menschen hier hat Simone in der kurzen Zeit, in der sie wie aus dem Nichts aufgetaucht ist, zu Gesicht bekommen? Wer kennt sie?"

Martin hielt erneut inne und wartete auf eine Reaktion.

Andreas hörte auf zu kauen. „Keine Ahnung, irgendwer wird sie doch gesehen haben."

„Ja, vielleicht irgendwer. Vielleicht die Nachbarn von meinem Opa, natürlich das Krankenhauspersonal. Aber nicht der Notar, bei dem das Testament liegt, nicht die Leute, die meinem Opa geholfen haben, seine Immobilien zu verwalten und nicht die Leute von der Bank oder vielmehr: den Banken, bei denen Opa sein Geld liegen und verschiedene Tresorfächer hat."

„Kann es nicht sein, dass er, ganz großzügiger Gentleman, mit seiner Angebeteten schon an einem der Schließfächer war?"

„Das glaube ich eigentlich nicht. Dafür war die Zeit einfach zu kurz, die er nicht im Krankenhaus verbringen musste."

„Das waren immerhin ein paar Wochen."

„Okay. Da würde ich sagen, dass wir *dieses* Risiko eingehen müssen. Wir müssen einfach davon ausgehen, dass sie nicht gemeinsam beim Notar und auch nicht gemeinsam in den Banken waren."

„Aber Simone hat deinen Opa ja sogar noch vom Sterbebett weg ins Restaurant geschleppt, um die Hochzeit zu begießen."

Martin nickte. „Die Möglichkeit besteht immerhin. Wenn ich es auch für wenig wahrscheinlich halte. Auch dieser Ausflug ins Restaurant ging ja nur einige Meter weit, bis in die Pizzeria, die direkt neben dem Krankenhaus liegt."

Carsten nickte. „Bei dem anderen stimme ich dir zu."

„Gut." Martin sah Andreas eindringlich an. „Halten wir also fest: Wie gehen davon aus, dass von denjenigen, die mit dem Erbe zu tun haben, niemand Simone kennt. Keiner von ihnen hat sie gesehen."

Andreas nickte. „Aber ich verstehe noch immer nicht, was daran unsere Chance ist."

Nun hielt es Carsten nicht länger aus. „Weil wir, so lange die echte Simone nicht auftaucht, eine falsche Simone dazu nutzen können, um an das Erbe zu kommen."

„Ja, aber wenn sie dann auftaucht", warf nun Andreas ein, „dann ist eure falsche Simone aufgeschmissen."

„Deswegen muss es schnell gehen, damit diese falsche Simone in dem Augenblick bereits wieder verschwunden ist, wenn das Flugzeug aus Mauritius hier landet. Sie ist jetzt zwei Wochen weg, könnte also jeden Tag wieder auftauchen. Im optimalen Fall hat sie drei

Wochen Urlaub gebucht, vielleicht auch vier."

Andreas nickte. „Verstehe."

„Und außerdem", Martin sagte das Folgende mit besonderer Betonung, „stellt sich die Frage, ob unsere Erbschleicherin es riskieren würde, in einen Rechtsstreit zu gehen. Wer weiß, was sie alles für Leichen im Keller hat, von denen sie kein Interesse haben wird, dass sie ans Tageslicht kommen. Vielleicht gibt es ja noch andere Opas, mit denen sie verheiratet war oder sogar noch ist. Vielleicht wartet sie sogar gerade noch an einem anderen Sterbebett auf ein Erbe."

Wieder nickte Andreas. „Gut, das habe ich jetzt verstanden. Aber dann stellt sich trotzdem eine wichtige Frage: die echte Simone ist nicht da – aber woher nehmen wir eine falsche?"

Nun sah auch Carsten Martin gespannt an.

„Tja." Martin lehnte sich zurück. Jetzt kam der heikelste Punkt. Jetzt durfte er nichts vermasseln. „Das ist wirklich ein Problem. Wir können keine unserer Freundinnen fragen, denn nachdem das Erbe ausgezahlt ist oder sobald Simone wieder hier ist, muss sie verschwinden, und zwar spurlos."

„Warum heuern wir nicht eine an? Vielleicht eine professionelle Schauspielerin? Sie zu bezahlen, dürfte doch kein Problem sein, wenn du das Erbe bekommen hast."

„Weil wir uns niemals sicher sein können, dass sie sich mit dieser Bezahlung zufriedengibt und sich nicht irgendwann, wenn es bei ihr gerade mal nicht so läuft, daran erinnert, dass es da noch einen oder zwei oder drei Esel gibt, die Gold scheißen können, wenn man nur ein bisschen in der Vergangenheit kramt. Wir würden uns erpressbar machen."

Carsten nickte. „Zumindest so lange, wie die Verjährungsfrist geht."

Andreas sah von einem zum anderen. „Richtig. Toll. Aber was dann?"

„Nun, ich fürchte, wir haben nur eine einzige Möglichkeit." Jetzt musste die Bombe platzen.

„Ja?" Die Pizza war längst kalt geworden.

„Ja, also, ich fürchte, uns bleibt nichts anderes übrig, als dass … *einer von uns* die falsche Simone spielen muss."

Die Augen von Andreas weiteten sich. „Einer von *uns*? Wie stellst du dir das denn konkret vor? Wie soll das gehen?"

„Also. Einer von uns muss sich – und hier werden wir mit Sicherheit auf die Hilfe von Freundinnen zurückgreifen können – so überzeugend in eine Frau verwandeln, dass die entscheidenden Menschen, die bis jetzt noch ihre Hand auf dem Erbe haben, davon überzeugt sind, dass sie die junge Witwe kennenlernen."

„Einer von uns?" Andreas richtete sich auf und schaute ratlos in die kleine Runde. „Und wer von uns kommt dafür in Frage?" Er wandte sich Carsten zu. „Carsten vielleicht?"

„Der ist zu groß und zu stämmig, fürchte ich."

„Oder du?"

„Ich bin bei einigen von den Menschen, die wir aufsuchen müssen, bekannt, außerdem kann ich anschließend mit dem Geld nicht einfach verschwinden."

„Ja, aber dann …" Andreas sah ratlos um sich.

Martin und Carsten ließen ihm einen Augenblick Zeit zum Verdauen.

„Ich …"

Es war eindeutig, dass er sich in seiner Haut nicht wohl fühlte. Offenbar musste er erst einmal Ordnung in seine Gedanken bringen. Musste sich über die Konsequenzen klar werden, wenn er tat, was er gerade als das einzig Sinnvolle erkannt hatte: wenn *er* sich in eine Frau verwandeln und als solche bei einem Notar und in Banken auftrat, um dort die junge Witwe zu spielen.

Selbstverständlich hätte er sich spontan wehren, sich kategorisch weigern, hätte aufstehen und einfach gehen können. Aber auch ihm war klar, dass von den dreien nur er in Frage kam, die Rolle der Simone zu übernehmen. Dass er also der einzige war, der dem Plan zum Erfolg verhelfen konnte. Es stand viel auf dem Spiel. Und er wollte seine Freunde, vor allem Martin, nicht im Stich lassen.

Sich allerdings dafür für Tage oder sogar Wochen als Frau zu verkleiden …

„Bist du nicht mal zu Fasching als Frau gegangen?", fragte Martin, um den Gedanken nicht ihren freien Lauf zu lassen.

„Das war Fasching! Und wahrscheinlich war ich keine besonders überzeugende Frau."

„Aber du warst schon damals so zierlich, dass man dir die Verkleidung vermutlich ohne weiteres abgenommen hätte, wenn du etwas Hilfe gehabt hättest."

„Oh, ich hatte Hilfe, meine Schwester, aber die war damals irgendwie … nicht so gut auf mich zu sprechen. Jedenfalls erinnere ich mich daran, dass der Rock viel zu kurz und die Schminke viel zu grell war. Ich sah wahrscheinlich aus wie eine Nutte. Eine Nutte in Turnschuhen, denn ihre Schuhe wollte sie mir nicht geben." Andreas dachte einen Augenblick nach. „Apropos Schminke: würde das nicht heißen, dass ich die ganze

Zeit geschminkt und im Rock oder Kleid durch die Gegend laufen müsste?"

„Ich denke, es reicht für die entsprechenden Ämtergänge, oder nicht?", wollte Carsten ein wenig den Druck herausnehmen, der Andreas offensichtlich zu schaffen machte.

Aber Martin hatte bemerkt, dass Andreas seinem Anliegen nicht rundweg ablehnend gegenüberstand. Jetzt war er vielleicht noch formbar, das wollte er nutzen.

„Das glaube ich nicht. Es geht um zu viel, als dass wir einen Fehler riskieren sollten, der durch Unachtsamkeit entsteht. Plötzlich steht der Bankangestellte auf der Straße vor uns und erkennt Simone in dem jungen Mann, der da gerade genüsslich seinen Dreitagebart kratzt. Nein, wenn schon, dann richtig: Wenn du mitmachst, solltest du dich komplett in eine Frau verwandeln, mit allem, was dazugehört, und aus dieser Rolle erst wieder herauskommen, wenn wir das Erbe haben – oder wenn Simone auftaucht und das Ganze aufzufliegen droht. Und das kann ja jeden Tag geschehen. Theoretisch kann es sein, dass du gar nicht erst dazu kommst, überhaupt einen Rock anzuziehen, weil sie schon morgen hier eintrifft."

Andreas sah ihn mit großen Augen an.

„Aber …"

Martin wollte keine weiteren Bedenken aufkommen lassen. „Du bist, *by the way*, nicht nur der einzige, der von uns dreien für diese Rolle in Frage kommt, du bringst dafür auch genau die richtigen Voraussetzungen mit. Zum Beispiel den richtigen Körperbau: Du bist verhältnismäßig klein – entschuldige bitte – und für eine Mann ausgesprochen zierlich. Ich erinnere mich, dass du in der Schule sogar mal gehänselt worden bist, du seist so ‚mädchenhaft'. Stimmt das nicht?"

„Doch, das kam vor allem in der Unter- und Mittelstufe immer wieder vor. Da hatte meine Mutter auch noch so einen Tick, mir Klamotten zum Anziehen zu geben, die, sagen wir mal, eher *unisex* waren. Glücklicherweise hat sie das irgendwann wieder eingestellt."

„Siehst du? Wenn du mich fragst, würde ich sogar sagen, dass du eine wirklich gutaussehende Frau werden könntest mit einer sexy Figur."

„Du kannst sogar richtige Absatzschuhe tragen, weil du nicht so groß bist, dass das übertrieben wäre", fiel Carsten nun ein, der sich für die Idee zu erwärmen schien.

„Aber … Absatzschuhe? Ich? Da werden mich ja alle auslachen!"

„Nicht, wenn dich niemand als Mann erkennt. Das ist ja gerade das Ziel des Ganzen. Wenn man erkennt, dass du keine Frau bist, wird auch unser Plan scheitern. Wir müssen also richtig gut sein! Niemand darf auch nur auf die Idee kommen, dass du keine richtige Frau bist. Und dann ist es auch in keiner Weise lächerlich!"

„Ja, aber dafür müssten wir schon sehr weit gehen, oder nicht? Ich meine, dann brauche ich eine Perücke, muss mich schminken …

„Dir die Arme und Beine rasieren …" War das Schadenfreude, die aus Carsten sprach? Martin funkelte ihn an.

„Arme und Beine rasieren? Was … Ich weiß ja gar nicht, was eine Frau alles macht, damit sie gut aussieht. Die lackieren sich ja auch die Finger- und die Fußnägel und was weiß ich noch alles. Und woher soll ich all die

Sachen nehmen?"

„Das lass mal unsere Sorge sein. Schließlich dürfte Geld dabei keine Rolle spielen. Und wo wir gerade beim Thema sind: Natürlich springt am Ende auch für dich dabei etwas heraus. Du wirst selbstverständlich in nicht unerheblichem Maß an dem Erbe beteiligt, das wir bekommen. Du wirst dir auf diese Weise eine solide, finanzielle Grundlage schaffen können, auf der du in Ruhe mit deinem Kunststudium beginnen kannst."

Er merkte, dass dieses Argument auf Andreas Eindruck machte. Andreas sah Martin überrascht an und starrte anschließend ins Leere. Ihm war der innere Kampf deutlich anzumerken.

# Vorbereitungen

Niemand hätte behaupten können, dass Andreas sich um seine neue Rolle gerissen hätte. Es brauchte an diesem Abend noch einige Zeit, bis er sich in den Plan fügte, weniger widerwillig als voller Angst, da er nicht absehen konnte, was eigentlich auf ihn zukommen würde. Mit dem Anziehen eines Kleids, von Stöckelschuhen und dem Auftragen von Lippenstift würde es ja nicht getan sein, das immerhin war ihm klar – wobei ihm schon die Aussicht auf diese Details weiche Knie verursachte. Aber Martin versprach ihm, dass er mit zweien seiner Freundinnen sprechen wollte, die ihn sozusagen fachmännisch betreuen würden; die eine von ihnen arbeitete sogar in einer Boutique als Modeberaterin – und Martin wusste, dass Andreas für sie zu Schulzeiten heimlich geschwärmt hatte. Die Aussicht auf ein Wiedersehen und ein Projekt, an dem sie gemeinsam arbeiten würden, musste für Andreas reizvoll sein, selbst wenn er dabei zur Frau verwandelt werden würde.

Martin verschwendete keine Zeit und ging sofort ans Werk. Noch während Carsten und Andreas da waren, telefonierte er mit Corinna, der Modeberaterin, und Annette, die als eher burschikose Frau ausgesprochen zupackend war. Sie würde sicher einmal Managerin in einer Führungsposition werden und schien ihm schon jetzt für die Organisation eines komplexen Unternehmens wie der Erschaffung der weiblichen Existenz für Andreas wie geschaffen. Außerdem hatte sie als Schülerin in der Theater-AG mitgearbeitet und sich vor allem im Bereich der Maske einen beeindruckenden Ruf erworben.

Glücklicherweise waren beide erreichbar und hatten Zeit, sich der Sache anzunehmen. Nach einer guten halben Stunde waren beide instruiert und standen in den Startlöchern.

Andreas hatte inzwischen gemeinsam mit Carsten einige Gläser Wein geleert und die Wirkung des Alkohols war ihm anzumerken. Ein hochintellektuelles Gespräch jedenfalls war wohl kaum mehr möglich, das war Martin schnell klar. Andreas saß eher da, starrte ins Leere und harrte der Dinge, die da kommen würden.

„Annette wird gleich hier sein", sagte Martin, als er von seinen Telefonaten an den Wohnzimmertisch zurückkehrte.

Andreas sah ihn dumpf an, ihm war anzumerken, dass er die eigentliche Aussage hinter der Aussage nicht verstand.

„Sie wird dich mitnehmen."

Andreas nickte. Offenbar ging er davon aus, dass sie ihn nach Hause bringen würde.

„Zu sich." Martin machte eine Pause, um sich dem Tempo der Gedanken von Andreas anzupassen. „Wir sind uns einig, dass wir keine Zeit verlieren sollten."

Carsten hielt sich diplomatisch zurück.

Nun begann Andreas aber offensichtlich doch, nachzudenken. Er hob eine Hand und streckte den Zeigefinger aus. „Moment", sagte er leise, „zu ihr? Was soll ich denn bei ihr?"

Martin lächelte. „Du sollst bei ihr deinen wohlverdienten Rausch ausschlafen, mein Guter!" Und er klopfte Andreas sanft auf die schmale Schulter.

„Aber" – angestrengtes Nachdenken – „das könnte ich zu Hause doch viel besser."

Martin nickte mitfühlend. „Sicher, das könntest du. Aber dann würdest du morgen den halben Tag verschlafen. Die Zeit haben wir nur leider nicht."

Andreas gab sich Mühe, weiter nachzudenken. „Haben wir nicht?"

„Haben wir nicht. Erinnerst du dich: Wir müssen Simone zuvorkommen. Wir wissen nicht, wann sie wieder zurückkehrt. Und bis das passiert, wollen wir möglichst viel von dem Erbe bereits gesichert haben. In unserer Tasche! In meiner und" – er klopfte Andreas wieder auf die Schulter – „in deiner, mein Freund!"

Andreas nickte.

„Und außerdem" – die Pause, die Martin jetzt machte, diente nicht zuletzt dem Zweck, an dieser wichtigen Stelle die richtigen Worte zu finden – „will Annette sofort anfangen." Er bemühte sich um eine sehr sanfte Stimme. „Sie will dich sozusagen gar nicht erst wieder in deine männliche Welt zurückkehren lassen."

Er wusste nicht recht, ob er weitersprechen sollte. Dann probierte er es doch.

„Sie möchte, dass du morgen früh in einer weiblichen Umgebung aufwachst. Sozusagen deinen ersten Schritt in … in die Existenz als Frau vollziehst. Direkt heute Nacht, quasi. Nicht erst irgendwann im Verlauf des morgigen Tags."

Andreas sah ihn verständnislos an.

„Sie wird dich mitnehmen, und weil alles so schnell gehen muss, beginnt für dich … sozusagen … dein Leben als Frau *sofort*."

Andreas hatte noch immer Schwierigkeiten, zu verstehen, was genau Martin ihm mitteilen wollte.

„Ich weiß nicht, wie sie sich das im Einzelnen vorgestellt hat. Aber dieser Punkt war ihr sehr wichtig."

In diesem Augenblick klingelte es an der Tür. Carsten stand auf und kurz darauf kam er mit Annette zurück ins Wohnzimmer.

Die Begrüßung fiel knapp aus. Carsten schenkte Andreas demonstrativ noch einmal Wein nach. Annette verstand die Situation auf Anhieb.

„Andreas versteht noch nicht ganz, warum er sich nicht erst noch zu Hause ausschlafen kann, bevor das Programm losgeht", nahm Martin den Faden wieder auf.

„Das ist doch ganz einfach." Annette setzte sich neben Andreas auf das Sofa und übernahm ohne zu zögern die Initiative und damit die Kontrolle. „Die Zeit drängt. Wenn ich es richtig verstanden habe, musst du dich in kürzester Zeit in eine Frau verwandeln, damit die nötigen Schritte eingeleitet werden können, um bei den zuständigen Stellen Zugriff auf das Erbe zu bekommen. Richtig? Sich in eine Frau verwandeln – das heißt aber nicht nur, dass du dir ein Kleid und Stöckelschuhe anziehen musst – und eine Perücke, wenn wir dir eine Langhaarfrisur machen wollen –, das heißt auch, dass du dich überzeugend als Frau bewegen und benehmen können musst. Das geht mit dem Sprechen los, schließt das Gehen ein und hört bei der Art, wie man sich im Rock und mit High heels hinsetzt, noch lange nicht auf."

Die drei Jungs hörten andächtig zu.

„Da es hier um einiges geht, macht es keinen Sinn, das Ganze halbherzig oder dilettantisch anzugehen. Wir müssen vielmehr professionell und schnell sein, denn Martins neue Oma Simone kann jeden Moment vor der Tür stehen und natürlich musst du *als* Simone, so lange diese nicht da ist, absolut überzeugend rüberkommen. Klar soweit?"

Andreas brauchte etwas Zeit zum Nachdenken. Aber dann nickte er. „Klar."

„Gut. Also können wir es uns schlichtweg nicht leisten, einen halben Tag zu verschlafen. So wie wir es uns im Übrigen auch nicht leisten können" – damit wandte sie sich wieder an die Allgemeinheit, „Kompromisse zu schließen oder etwas nur halb zu machen. Seid ihr euch darüber im Klaren?" Sie schaute Martin eindringlich an.

Der nickte zuerst, sagte dann aber: „Was genau meinst du damit?"

„Also, das mit dem Verschlafen dürfte ja verständlich sein. Die Sache mit den Kompromissen ist schwieriger: Das heißt zum Beispiel, dass wir professionelle Hilfe bei der Verwandlung von Andreas in Simone in Anspruch nehmen sollten. Sprich: einen Friseur oder besser noch eine Friseurin, um mit Haarverlängerungen eine richtig weibliche Frisur hinzubekommen, was möglicherweise auch mit einer Echthaarperücke ginge – wir müssen uns anhören, was der Profi uns rät. In jedem Fall dürfen wir hier nicht sparen. Dann: Angemessene Kleidung, also nicht etwa Klamotten vom Discounter oder von der großen Schwester. Was im Übrigen nicht nur die Oberbekleidung betrifft, die Simone trägt, sondern ebenso die Dessous – bei Frauen sieht man häufig zum Beispiel den BH durch die Bluse hindurch, was gemeinhin *sehr* weiblich wirkt –, die Strümpfe, die Accessoires wie Schmuck, Handtaschen etcetera. Glücklicherweise haben wir ja Corinna und ihre Boutique, die uns sicher in vielen Punkten weiterhelfen kann. Außerdem müssen wir unbedingt eine Kosmetikerin hinzuziehen, auch wenn ich in Bezug auf das Schminken vieles selbst übernehmen kann. Dann braucht die neue Simone Maniküre und Pediküre. Parfum, nicht zu vergessen. Wir brauchen ein möglichst überzeugendes Bodyshaping: Da wir nicht monatelang trainieren oder Hormontabletten schlucken können, um die nötigen weiblichen Rundungen hinzubekommen, werden wir uns mit diversen Polstern und Silikoneinlagen helfen müssen. Selbst Hormonspritzen dürften nicht schnell genug wirken. Schließlich geht es hier um *Tage*."

Martin nickte. Andreas bekam *sehr* große Augen.

„Schließlich muss sich Andreas, pardon: Simone souverän auf hochhackigen Schuhen, in Pumps und High heels bewegen können. Es muss nicht gerade wie Marilyn Monroe in *Manche mögen's heiß* aussehen, aber in die Richtung sollte es schon gehen."

„In welche Richtung?"

„Na, dass es ganz natürlich aussieht, wie du auf den zehn bis zwölf Zentimeter hohen Absätzen läufst. Man darf dir nicht ansehen, dass für dich diese Fortbewegungsform eigentlich fremd ist. Man muss den Eindruck bekommen, als wenn du mit Stöckelschuhen schon geboren worden wärst."

„Aber es müssen doch nicht zehn Zentimeter sein."

„Das meinte ich mit ,keine Kompromisse': Je weiblicher deine Ausstattung – und dein Gehabe –, desto länger wird es brauchen, bis jemand sich fragt, ob da alles echt ist an dieser Frau. Im optimalen Fall darfst du auch auf den Notar durchaus betörend wirken, indem du zum Beispiel schön mit dem Hintern wackelst, die Knie beim Gehen und Sitzen immer züchtig eng zusammen hältst und gleichzeitig nach einem verführerischen Parfum duftest. Wenn dein Rock kurz genug ist, kann auch einmal der Spitzenrand deiner *Stay ups* hervorschauen – nur ein ganz kleines bisschen, aber je intensiver der Notar darüber nachdenkt, wie er dich zum Abendessen einladen kann, desto weniger wird er kritische Fragen stellen."

„Da bin ich ganz deiner Meinung", schaltete Martin sich wieder ein. „Und das Geld dafür sollte ja auch da sein, wenn wir davon ausgehen, dass wir auch nur an einen Teil des Erbes herankommen können, bevor Simone wieder hier auftaucht."

Annette nickte befriedigt. „Gut", sagte sie, „denn wenn ich mir Andreas so anschaue" – Andreas wirkte inzwischen ein wenig müde – „glaube ich, dass der schwierigste Part sein wird, ihn sich wie eine Frau *verhalten* zu lassen. Mit dem breitbeinigen Herumlümmeln auf fremden Sofas mit Bier- oder Weingläsern in der Hand ist es jedenfalls erst einmal vorbei. Und wenn Corinna und ich wissen, dass wir bei der Ausstattung nicht sparen müssen, können wir uns ganz auf die ‚*Soft skills*' konzentrieren." Annette grinste. Es war ihr anzumerken, dass die Aufgabe sie reizte und sie ganz in ihrem Element war.

Alle versanken für einen Augenblick in Gedanken, starrten auf Andreas und versuchten sich das Resultat vorzustellen: Andreas als Simone, der schüchterne angehende Künstler als temperamentvolle Vollblut(und -busen)frau Simone.

„Hier kennt keiner die echte Simone", nahm Martin den Faden noch einmal auf. „*Wir* wissen, dass sie etwas Nuttiges an sich hat, dass sie gern in populären Floskeln spricht, selbst wenn sie deren Sinn nicht wirklich versteht. *Wir* wissen, dass sie vermutlich eine Betrügerin ist, die sich in der Absicht, sich das Erbe zu erschleichen, meinem Opa genähert hat. Ich habe sie ja kennengelernt und weiß daher, was für einen Vorbau sie hat und wie freizügig sie ihn durch die Landschaft und vor allem unter die Nasen des männlichen Teils der Bevölkerung hält. Aber das weiß sonst niemand. Jedenfalls gehen wir davon aus."

„Okay", ergänzte Annette, „wir müssen also noch an einer glaubwürdigen Geschichte arbeiten, einer Vita sozusagen, wie es bei einem Agenten heißt."

„Sollten wir das nicht erst machen, wenn wir Andreas, ich meine: Simone, *unsere* Simone, leibhaftig vor uns haben?", gab Carsten zu Bedenken. „Ich kann mir das Ergebnis, ehrlich gesagt, noch nicht so richtig vorstellen, und da fällt es mir schwer, mir eine Vita auszudenken."

„Ich habe da schon eine Idee", hielt Annette dagegen. „Andreas wird sicher nicht zur Nutte, nur weil er einen Rock trägt. Jedenfalls nicht, wenn ihr nicht darauf besteht."

Sie sah Martin fragend an.

„Nein", gab der zu, „ich denke nicht, dass das nötig ist."

„Ich glaube auch, dass Andreas glaubwürdiger als mitfühlende, sympathische, junge Frau herüberkommt, die in dem alten Mann etwas gesehen hat, das sie berührt hat. Wir wollen das Betrügerische, das die echte Simone ausstrahlt, bei Andreas ja gerade nicht rüberbringen: *Unsere* Simone kann ruhig eine ganz andere Persönlichkeit sein als die echte."

„Ja, und als solche kann sie ruhig ein bisschen schüchtern sein. Stille Wasser sind tief. Es hat sie wirklich berührt, den alten Mann in seiner Einsamkeit anzutreffen, sie wollte nichts als helfen, und dass sie nun erben soll, ist ihr eigentlich eher peinlich – sie weiß gar nicht recht, wie sie eigentlich dazu kommt."

„Vielleicht können wir eine Stiftung für Kinder …"

„Also, *zu* weit wollen wir dann doch nicht gehen", bremste Martin die kreative Begeisterung. „Aber *unsere* Simone kann natürlich durchaus auf die Idee kommen, dass sie das Erbe mit meiner Mutter und mir teilen will, weil sie sehr wohl spürt, dass es unfair ist, wenn wir nichts davon bekommen."

„Das ist eine gute Idee."

„Also machen wir aus der betrügerischen, egoistischen Simone eine mitfühlende Frau, die dazu beitragen will, dass das Erbe gerecht geteilt wird."

Allgemeines Kopfnicken.

Carsten lachte. „Und wenn am Ende die echte Simone hier auftaucht, werden alle so von *unserer* Simone begeistert sein, dass niemand diese Betrügerin hier haben will; am Ende wird man sie noch verjagen und Andreas-Simone aufgrund ihrer Selbstlosigkeit …"

„Wollen's mal nicht übertreiben", holte Martin Carsten wieder von seinem geistigen Höhenflug herunter. „Auch *unsere* Simone soll das Geld ja nicht unter die Armen verteilen und den Nonnenschleier nehmen. Sie nimmt das Geld, aber sie teilt es mit uns. Sie erweist sich als eine Frau, die ein Empfinden für die Gerechtigkeit hat. Mehr nicht."

Carsten winkte ab. „Sicher. Ich fand nur die Vorstellung, dass alle traurig sind, wenn Andreas-Simone nicht hier bleibt, reizvoll."

Andreas saß inzwischen weitgehend teilnahmslos da. Der Wein war für ihn ungewohnt. Offenbar wurde er von ihm vor allem müde.

Annette warf einen amüsierten Blick auf ihn. „Was ich noch nicht gesagt habe", fügte sie nun etwas leiser hinzu und achtete darauf, dass Andreas ihren Worten nicht folgte, „ist, dass das Programm sofort beginnt. Er wird im Zimmer meiner Mitbewohnerin übernachten, die derzeit nicht da ist. Sie ist so sehr Frau – um nicht zu sagen: Mädchen –, wie man sich das nur vorstellen kann. Ihr Zimmer ist weitgehend rosa, ihre Bettwäsche ist geblümt, auf ihrem Bett liegen Puppen – wirklich! – und in ihrem Schrank hängen ... okay, sie hat nicht *nur* Röcke und Kleider, aber mit Sicherheit mehr als Hosen, und zu den Kleidern und Röcken gehören auch Unterkleider und Unterröcke, und ich glaube nicht, dass sie ein einziges Höschen *ohne* Spitzen hat oder dass auch nur eins aus Baumwolle wäre. Da gibt es sehr viel mehr Satin und Seide."

„Aber – weiß sie davon, dass Andreas in ihrem Zimmer wohnen wird?"

„Noch nicht. Ich habe ja auch nicht gesagt, dass Andreas – oder sollten wir von nun an nicht ‚Simone' sagen? – dass sich Simone also aus ihrem Wäscheschrank bedienen soll. Aber ich werde gleich morgen früh mit ihr darüber sprechen. Und bis dahin ..."

Annette lächelte verschmitzt.

„Bis dahin?" Carsten konnte sich nicht zurückhalten, den ausgeworfenen Angelhaken zu fassen.

„Bis dahin werden wir Andras, äh: Simone, in eines der zauberhaftesten Nachthemden stecken, das wir in ihrem Schrank finden, und ich bin überzeugt davon, dass sich auch das entsprechende Höschen dazu finden wird. Bis morgen Nachmittag jedenfalls, das verspreche ich euch, sind die ersten Schritte vollzogen. Bis dahin wird Andreas nicht nur keine Männerkleidung mehr tragen – und damit meine ich: *gar keine* –, bis dahin wird er die ersten Lektionen im Schminken und Frisieren gelernt haben, wird schulterlanges Haar, manikürte Finger- und Fußnägel haben und professionell geschminkt sein. Bis zum Ende der Woche wird er so sehr an all das gewöhnt sein, dass er schon gar nicht mehr weiß, wie es ist, Hosen zu tragen oder gar ungeschminkt aus dem Haus zu gehen. Lasst mich nur machen!"

Es war nicht ganz einfach, sich diese letzten Worte von Annette bildlich vorzustellen. Aber wenn jemand das bewerkstelligen konnte, dann war das Annette. Daran hatten weder Martin noch Carsten Zweifel.

# Rückkehr

Die Rückkehr von Andreas in den Kreis der Freunde gestaltete sich so spektakulär, wie es unter Verschwörern während der Vorbereitungszeit ihrer Verschwörung möglich war.

Es waren drei Tage vergangen, in denen Martin mehrere Male mit Annette und Corinna gesprochen, Andreas jedoch nicht zu Gesicht bekommen und auch ihn selbst nicht am Telefon gehabt hatte. Nun hatten sie sich für den Sonntagmorgen in einem Café in der Nachbarstadt zum Brunchen verabredet.

Annette war einsilbig gewesen, wenn Martin nach Fortschritten oder Schwierigkeiten fragte. Ihr war nur wichtig gewesen, dass der finanzielle Rahmen stimmte, und Martin hatte seinem Kontostand angesehen, dass Annette das in die Tat umsetzte, was sie bereits in ihrem ersten Gespräch unter dem Stichwort einer professionellen Vorgehensweise angekündigt hatte. Sie ging ganz offensichtlich mit Augenmaß vor, aber billig war das Projekt trotzdem nicht. Auch an Corinnas Boutique gab es eine Reihe von Überweisungen, aus denen Martin entnehmen konnte, dass es durchaus hochwertige Anschaffungen für die junge Witwe gab. Sie würde also angemessen ausgestattet sein, was auch dem Notar und den Bankern auffallen musste.

Martin und Carsten fuhren gemeinsam, und beide waren aufgeregt. Schließlich erlebt man nicht alle Tage, dass ein Freund, den man schon sehr lange und sehr gut kennt, innerhalb von drei Tagen in eine Frau verwandelt wird – und dann ging es ja noch immer darum, ob er, jetzt: sie (selbst wenn er für sie *er* blieb), für die Aufgabe bereit und in der Lage sein würde, die er in ihrer Verschwörung spielen sollte.

Sie fanden das Café auf Anhieb und wurden an den für sie reservierten Tisch geführt. Annette und Andreas waren noch nicht da. Es vergingen zehn Minuten. Es war einiges los, fast alle Tische waren besetzt, das Café war bekannt für den reichhaltigen, abwechslungsreichen Brunch. Immer wieder kamen neue Gäste, meist in Gruppen, aber auch einzeln, um sich hier mit anderen Gästen zu treffen.

Als Martin, der trotz der späten Vormittagszeit noch nicht gefrühstückt hatte, zum ersten Mal zum Kaffeeautomaten ging, stieß er fast mit einer zierlichen Frau zusammen, die, noch im Mantel, eben den Raum betreten hatte und sich scheu umblickte.

„Entschuldigung", sagte Martin, „tut mir leid."

Er wollte schon weitergehen, der Kaffeeduft lockte ihn. Doch dann hörte er ein leises „Hallo Martin!"

Er drehte sich um und musterte die Frau. Sie war allein, also eine zufällige Begegnung, ging es ihm durch den Kopf. Aber irgendwoher muss ich sie kennen, wenn sie mich kennt.

Was ihm als erstes auffiel, war die Mütze – eine Art Baskenmütze, die sehr weit hinten auf ihrem Kopf saß, so dass es Martin schien, als müsse sie jeden Augenblick herunterfallen. Das wirkte irgendwie süß. Sie hatte schwarzes, leicht gewelltes Haar, das seidig bis auf ihre Schultern hinabfiel. Sie blickte sehr ernst aus wunderschönen, großen Augen, ihr Mund war auffällig kirschrot geschminkt und zog Martin wie magisch an.

Sie trug einen kurzen Mantel, der auf modische Weise mit vier großen Knöpfen in zwei Reihen bis zum Hals zugeknöpft war und sich über den Brüsten leicht wölbte. Unter dem grünlichen, tweedartigen Mantelstoff schaute ein kurzer, schwarzer Rock hervor und wunderschöne, lange Beine in dunklen Strümpfen oder Strumpfhosen. Die Schuhe waren sehr elegant, hatten atemberaubend hohe Absätze, und als Martin den Blick wieder nach oben gleiten ließ, sah er gerade, wie die Frau ihre große, elegante Handtasche auf ihrer Schulter zurechtrückte. Dabei fielen ihm die langen Fingernägel auf, die stilvoll im gleichen Rot lackiert waren wie der Lippenstift.

Spontan fühlte Martin sich von der schönen, aber scheuen Erscheinung im höchsten Maß angezogen, auch wenn ihr Blick so ernst war, als sei sie über ihren Beinahe-Zusammenstoß und seine mögliche Verärgerung erschrocken.

Und dann fiel ihm eine gewisse Ähnlichkeit auf. Der Mund, das Kinn; je mehr er sich das Aussehen von Andreas vergegenwärtigte, desto mehr … gewissermaßen: Rudimente seines Freundes entdeckte er in dieser schönen Frau.

Er wandte sich ihr ganz zu.

„Andreas?", fragte er schließlich vorsichtig, und er sah, wie der Ernst des Gesichts um einen Hauch abnahm. Fast hätte man schon von einem ängstlichen Lächeln sprechen können, aber die Augen blickten noch immer scheu, bevor die Frau sie niederschlug und wunderschön geschminkte Augenlider offenbarte.

„Andreas? Bist du das?"

In diesem Augenblick trat aus dem Eingangsbereich des Cafés Annette zu den beiden hinzu.

„Andreas? Von welchem Andreas sprichst denn du,

Mann? Das hier ist meine Freundin Simone. Das ist doch wohl unschwer zu erkennen!"

Sie wandte sich an Andreas. „Darf ich vorstellen: das ist Martin, auch ein Freund von mir. Er hat Probleme mit den Augen – sieht eigentlich fast nichts –, ist auch ein bisschen langsam im Denken. Aber böse ist er eigentlich nicht! Du kannst ihm vertrauen!" Sie grinste Martin an.

Und damit war das Eis gebrochen. Martin lachte, Andreas lachte nun ebenfalls, wenn auch zurückhaltend, und auch Carsten kam vom Tisch hinzu und begrüßte sowohl Annette als auch Andreas.

Als sie schließlich den Tisch erreichten, fragte Martin Andreas: „Darf ich dir deinen Mantel abnehmen?"

Daraufhin stellte Andreas die Handtasche neben den Stuhl, öffnete die Knöpfe des Mantels, zog diesen aus und Martin nahm ihn ihm ab. Darunter wurde ein elegantes ‚Kleines Schwarzes' mit einem ganz schmalen Gürtel um die bemerkenswert schmale Taille sichtbar.

Martin fiel auf, wie züchtig Andreas die Füße dicht nebeneinander gestellt hatte und offensichtlich ganz bewusst darauf achtete, dass die Knie bei all seinen Bewegungen zusammen blieben.

Während Martin den Mantel zur Garderobe brachte, rückte Carsten einen Stuhl für ‚Simone' zurecht und Andreas setzte sich.

„Die Knie immer schön zusammenhalten … so ist es recht", raunte Annette dazu, die sich dicht an seiner Seite hielt. Übrigens war sie ganz ähnlich gekleidet wie Andreas – kurzer Rock, dunkle Strümpfe oder Strumpfhose, aber anders als Andreas trug sie eine bunte Bluse. Sie schien ihm auch mit der Kleidung eine gewisse Orientierung bieten zu wollen.

Sobald alle saßen, steckten sie die Köpfe zusammen, denn selbstverständlich wollten sie nicht, dass die Gäste an den nächstgelegenen Tischen mitbekamen, was sie besprachen.

„Das ist ja phänomenal!", staunte Martin. „Ich hätte ihn fast nicht erkannt!"

„*Sie*! Simone! Schon vergessen? *Sie*."

„Entschuldige: Fast hätte ich *sie* nicht erkannt."

„Und sie sitzt direkt neben dir, du kannst sie also selbst ansprechen. Sobald sie sich erholt und zur Sprache zurückgefunden hat, wird sie dir auch sicher selbst antworten. Sie ist unserer Sprache mächtig." Annette lächelte Andreas aufmunternd an. „Es ist ihr erster Auftritt in der Öffentlichkeit und sie weiß natürlich noch nicht, wie überzeugend sie tatsächlich wirkt."

„Ja, sicher, natürlich. Trotzdem: Einfach phänomenal! Ich meine: ich habe dich wirklich nicht erkannt. Ich wäre glatt an dir vorbeigelaufen, wenn du mich nicht angesprochen hättest … Simone."

Andreas taute nur langsam auf. „Ich habe mich selbst nicht wiedererkannt, als die Maskenbildnerin mich zum ersten Mal geschminkt hat."

Die Stimme hörte sich ungewohnt hoch an, aber nicht gekünstelt oder gespielt. Auch nicht übertrieben. Martin stutzte. „Was habt ihr mit seiner … Verzeihung: mit ihrer Stimme gemacht? Stimmtraining? Hormone?"

„Das ist eigentlich nicht nötig, das Stimmtraining, meine ich; jedenfalls nicht im Augenblick. Wenn das Ganze länger dauert, sollten wir daran denken, aber für den Augenblick tut es auch ein bestimmtes Asthma-Spray. Frag mich nicht, was genau es tut, aber es bewirkt, dass für eine bestimmte Zeit die Stimme deutlich höher wird."

„Wie lange hält die Wirkung an?"

„Wenn sie morgens, mittags und abends das Spray anwendet, hält die Wirkung zuverlässig den ganzen Tag über an."

„Und wie wunderbar … *sie* geschminkt ist. Gar nicht übertrieben! Sehr natürlich! Die Augen … und der Mund ist … einfach der Hammer! Hattest du schon immer so volle Lippen? Ich meine, wenn sie wirklich eine Frau wäre, könnte man glatt …"

„Sie *ist* eine Frau, Carsten! Ich finde, wir sollten uns so schnell wie möglich daran gewöhnen, dass das hier keine Verkleidung und kein Kostüm ist. Simone ist eine Frau, war sie immer schon, und entsprechend ist sie auch so angezogen und geschminkt. Eigentlich kein Wunder. In der Schule hat sie auch im Ballett mitgetanzt, wisst ihr noch? In ihrem Tutu sah sie einfach umwerfend süß aus! Natürlich darfst du für sie schwärmen, Carsten, und ihr Komplimente machen, aber leite diese nicht ein mit den Worten: ,Wenn du wirklich eine Frau wärst …'!"

„Ich finde, Annette hat recht", pflichtete Martin bei. „Es wäre fatal, wenn wir uns aus Unachtsamkeit selbst verraten würden. Stell dir vor, wir sitzen vor dem Notar und Carsten raunt Simone zu: ,Wenn du wirklich eine Frau wärst …'."

„Hey, Martin", protestierte nun Carsten, „so blöd bin ich nun auch wieder nicht!"

„Ja, sicher, entschuldige. Sollte ja auch nur ein dummes Beispiel sein. Natürlich hätte es auch mir passieren können so nach dem Motto: ,Dafür, dass du keine richtige Frau bist, hast du ganz schön schöne Beine, meine Süße!'"

Alle lachten. Andreas vielleicht etwas zurückhaltender als die anderen, aber auch er lachte. Die Anspannung war ihm anzumerken. Aber sie ließ doch ein wenig nach.

Schließlich hielt Martin fest: „Also, von jetzt an: Sie ist eine Frau – war sie immer schon – und sie heißt Simone. Und was ist die Geschichte, die dahinter steckt? Ich meine: ihre Vita?"

„Die sollten wir uns jetzt ausdenken. Mein Auftrag war nur, eine sympathische, junge Frau zu kreieren, und nach dem, was ihr erzählt habt, habe ich mich für den konservativen Stil entschieden. Damit nehmt ihr sicher die meisten Leute für euch ein. Wir wollten ja nicht die echte Simone imitieren. *By the way*: Irgendetwas von ihr gehört?"

Martin schüttelte den Kopf. „Bisher nicht."

„Gut. Vermutlich würdest du etwas hören, wenn sie sich auf dem Heimweg befinden würde."

„Vermutlich. Also: konservativ. Die zugehörige Vita wäre: Jurastudentin."

„Oder Krankenschwester. Ich meine, wenn ich mir sie so ansehe, könnte ich mir sie auch gut als Krankenschwester vorstellen."

Carsten nickte zustimmend, schien sich ‚Simone' aktuell jedoch eher in einem altertümlichen Krankenschwestern-Kleid mit Häubchen vorzustellen.

„Und du … Simone?"

Andreas setzte seine Kaffeetasse ab, an deren Rand der Lippenstift eine deutliche Spur hinterlassen hatte. Carsten wie Martin waren fasziniert von den perfekt manikürten, langen Fingernägeln, die bei dieser Bewegung wunderbar zur Geltung kamen. An beiden Händen glitzerten außerdem Ringe und an dem einen Handgelenk trug Andreas eine geschmackvolle, sehr kleine Damenuhr, was wunderbar zu seinem schmalen Handgelenk passte.

„Also." Andreas räusperte sich, schien selbst überrascht zu sein über seine ungewohnt hohe Stimme. „Wenn wir sagen, ich würde Jura studieren, könnte es doch sein, dass ich zum Beispiel vom Notar als so eine Art Kollege oder angehender Kollege behandelt werde, oder?"

„Kollegin. Als eine Art Kollegin. Wir sind selbstbewusste, emanzipierte Frauen, liebe Simone, und wollen doch, dass sich das auch in der Sprache ausdrückt. Also *gendern* wir fleißig." Annette grinste. „Das *macht* etwas mit dir, glaub mir, meine Liebe, das macht etwas mit dir! Das *formt* dich! Judith Butler sagt: Wir werden nicht als Frauen geboren, sondern erst durch unsere Sozialisation dazu gemacht!"

„Hä?"

„Na, zu Frauen und Männern werden wir erst durch die Erziehung. Das ist strenggenommen unabhängig davon, was wir im Höschen haben."

„Okay. Entschuldige. Also: ..."

„Hey, das ist wichtig, Simone. Das solltest du dir unbedingt merken. Das heißt nämlich, dass wir beide, du und ich, gar nicht neidisch sein müssen auf das, was die da, die so genannten Herren der Schöpfung, zwischen den Beinen hängen haben." Annette grinste wieder. „Das *brauchen* wir nämlich gar nicht, du und ich, meine Liebe!"

Carsten sah Andreas herausfordernd an und hob den Zeigefinger. „Merk's dir, Simone! Du musst nicht neidisch sein auf uns! Es ist nicht schlimm, dass du ... äh ... ein anderes Höschen trägst als wir ... also, *wenn* du ein anderes trägst ... äh ... trägst du?"

Andreas sah ihn etwas irritiert an. „Okay, ich werd's mir merken. Und was ich für ein Höschen trage …"

„Wir werden einen Teufel tun und euch verraten, was wir für Höschen tragen!", fuhr Annette dazwischen. „So weit kommt's noch!"

Andreas versuchte wieder zum eigentlichen Thema zurück zu kommen: „Also: Wenn ich Jura studiere, könnte es sein, dass mich der Notar als so eine Art angehende Kolleg*in* behandelt." Er sah Annette an, die keine Miene verzog. „Er könnte mir irgendeine Frage stellen oder auf Vorkenntnisse anspielen, die man schon im ersten Semester Jura lernt. Aber mir fehlen leider auch die grundlegendsten juristischen Kenntnisse."

„Das ist ein Problem", stimmte Martin zu. „Also doch lieber Krankenschwester?"

„Oder … ich meine … könnte ich nicht zum Beispiel Kunst oder Kunstgeschichte oder soetwas studieren? Mit Kunst kenne ich mich ja wenigstens etwas aus."

„Gute Idee! Viertes Semester Kunstgeschichte. Wenn wir das sagen, fragt sowieso niemand weiter. Viel zu diffus, viel zu aussichtslos. Alle werden denken: ‚Aha, wieder so eine, die sich einen gebildeten Mann mit Geld angeln will.'"

„Und wahrscheinlich denkt der Notar: ‚Schade, dass ich schon verheiratet bin. *Die* würde ich nehmen!'"

Wieder lachten alle.

„Und wenn einer ankommt von wegen ‚Ich male auch' oder ‚mein Opa hat auch gemalt', dann kannst du immerhin von deiner eigenen Arbeit erzählen und musst dir gar nichts ausdenken."

Andreas nickte und fuhr sich dabei versonnen mit der Zunge über die rot geschminkten Lippen.

Martin fiel auf, dass Carsten ‚Simone', die ihm gegenüber saß, fasziniert beobachtete. Es war aber auch bezaubernd: Wie Andreas mit seinen lackierten Fingernägeln und den Ringen an den Fingern sorgfältig eine Scheibe Toast mit Butter bestrich, wirkte ohne jeden Zweifel so weiblich, wie man es sich nur vorstellen konnte. Martin konnte nicht glauben, dass jemand hinter die Maske würde sehen können, wenn sie nicht eklatante Fehler machten. Andreas schien in den vergangenen drei Tagen intensiv geübt zu haben, wie man sich als Frau bewegt, wie man sitzt, die Hände hält. Vieles davon schien er aber auch bereits verinnerlicht zu haben. Wie elegant es wirken musste, wenn Andreas die Beine in der dunklen Strumpfhose – oder trug er doch Strümpfe? – übereinanderschlug und eine Zigarette in den manikürten Fingern hielt! Und wie er sich von ihm den Mantel hatte abnehmen lassen, hatte vollkommen natürlich, zugleich durchaus anmutig gewirkt.

Annette hatte wirklich Wunder gewirkt. Schon allein wie gut Andreas diese Frisur stand! Jetzt sah Martin, dass er sogar Ohrringe trug, kleine, glitzernde Ohrgehänge, die von den Ohrläppchen herunterbaumelten und zwischen den Haaren schimmerten. Das hatte etwas höchst Sinnliches. Martin fand es fast rührend, denn Andreas wirkte als ‚Simone' wie eine sehr zerbrechliche Frau, die in jedem Mann unweigerlich den Beschützerinstinkt wecken würde. Zumal wenn er so ernst schaute, wie im Augenblick.

Andreas machte Annette gegenüber gerade eine Andeutung.

„Ach ja, deine Mädchenblase! Aber mir kommt das sehr gelegen. Ich komme mit dir. Übrigens sprechen wir in diesem Zusammenhang lieber vom ‚Nase pudern‘, meine Liebe.“

Damit standen die beiden auf.

„Und vergiss nicht deine Handtasche!“

Dann bewegten sie sich zwischen den übrigen Tischen hindurch in Richtung der Toiletten. Martin und Carsten sahen ihnen nach – und bemerkten beide mit Staunen, dass Andreas von Annette zielstrebig auf die *Damen*-Toilette zu dirigiert wurde. Beiden stockte der Atem. Doch dann entspannten sie sich wieder, grinsten und sahen sich an.

„Klar“, sagte Carsten, „es wäre viel gefährlicher, wenn sie … also er …

„Also sie.“

„… auf die Herrentoilette gehen würde.“

Martin nickte. „Unglaublich. Auf der Straße hätte ich ihn …“

„… also sie.“

„… niemals wiedererkannt.“

„Auch hier drin hast du sie nicht wiedererkannt. Du hättest sie beinahe umgerannt und wolltest noch weiterlaufen, du gefühlloser Macho.“

Martin nickte wieder. „Ja, richtig. Aber wer rechnet auch mit soetwas!“

„Was meinst du,“ – Carsten blickte Martin gespannt an – „wie weit sind sie gegangen?“

„Wie meinst du das?“

„Na, was trägt er drunter?“

„Sie.“

„Meinetwegen. Also: was trägt sie drunter.“

„Ich glaube nicht, dass Annette da einen Kompromiss geschlossen hat. Wie du gesehen hast, heißt für Andreas, sich als Simone zu verhalten, dass er … sie –

mein Gott ist das schwer! – also, dass sie bis ins letzte Detail gegangen sind und er/sie nun unendlich viele Kleinigkeiten beachten muss. Wie man sich hinsetzt, dass man immer züchtig die Knie zusammenhält."

„Hast du gesehen, sie wackelt beim Gehen sogar mit dem Hintern."

„Wahrscheinlich hat Annette ihr das zugeraunt, als sie hinter ihr her zu den Toiletten ging."

„Sah noch ein bisschen eckig aus, für meinen Geschmack."

„Kunststück! Du würdest dich nach drei Tagen im Rock auch noch nicht in den Hüften wiegen wie eine Frau, die seit 20 Jahren ihren Gang perfektioniert."

„Und in diesen hohen Schuhen …"

„Ich könnte mir vorstellen, dass das sogar hilft. Mit solchen Absätzen gehst du wahrscheinlich ganz von selbst so."

„Aber zurück zu meiner Frage: Was meinst du, was er drunter hat?"

Martin zögerte einen Augenblick.

„Glaubst du, er trägt Strapse? Und Strümpfe? Mit einem Spitzenrand?"

„Also, so wie ich Annette verstanden habe, hat sie nichts ausgelassen, was Andreas dabei helfen soll, sich möglichst schnell in die Rolle als Frau einzufühlen. Da wäre es ja nur konsequent, dass auch dies dazu gehört. Schließlich gibt das doch wahrscheinlich ein ganz anderes Gefühl, wenn du schöne Dessous trägst, könnte ich mir vorstellen."

Carsten nickte versonnen und blickte instinktiv in Richtung der Toiletten.

„Und er hatte sogar … also, ich meine, seine Oberschenkel waren irgendwie … fraulicher. Er kam mir am

Arsch breiter und in der Taille schmaler vor."

Martin nickte. „Ist mir auch aufgefallen. Vielleicht haben sie da etwas hineingestopft. Ich meine, solche Polster, die die Hüften breiter und runder machen, als es Männerhüften normalerweise sind."

„Und wenn er ein Korsett trägt und richtig eng geschnürt ist, ist der Unterschied der breiten Hüften gegenüber der schmalen Taille noch auffälliger und wirkt noch extremer."

„Und die Brüste?"

„Aus den Kreditkarten-Rechnungen, die ich auf meinem Kontoauszug habe, geht leider nicht hervor, was genau sie im Einzelnen gekauft haben. Aber ein Betrag, den ich gefunden habe, könnte darauf hindeuten, dass er … dass Simone solide Silikon-Brüste bekommen hat."

„Sie wirken ja auch total authentisch."

„,Total authentisch' – ob wohl schon jemals jemand Titten so beschrieben hat?" Martin lachte.

„Hey, lach' nicht, ich meine das völlig ernst. Hast du nicht gesehen, wie sie sich beim Gehen bewegt haben?"

„Doch, habe ich."

„Und dass … Simone darüber kein bisschen irritiert war?"

„Sie haben die drei Tage wirklich genutzt! Wahrscheinlich ist Simone in den Schuhen schon ihre 15 oder 20 Kilometer gelaufen, immer mit Annette im Nacken, die von hinten gerufen hat: wackel' mit dem Hintern, wieg' dich in den Hüften, Brust raus, Bauch rein …"

„… und immer schön den Busen schwingen lassen!"
Beide lachten.

„Du wirst nicht bestreiten können, dass Annette es

geschafft hat, aus unserem Mauerblümchen-Nerd eine wirklich schöne Frau zu machen."

„Ich wäre der letzte, der das bestreiten würde!"

Martin fiel auf, wie ehrlich Carsten dies offensichtlich meinte.

# Termine im Rock

Sie waren richtig euphorisch gewesen, als sie nach dem Frühstück gemeinsam zu Martin gefahren waren und ihr weiteres Vorgehen geplant hatten. Die erste Hürde auf dem Weg zum großväterlichen Erbe hatten sie dank der Professionalität und Zielstrebigkeit Annettes und der Mithilfe von Corinna – und dank der Bereitschaft von Andreas, alles Notwendige über sich ergehen zu lassen und mitzumachen – genommen.

Apropos alles Notwendige über sich ergehen zu lassen: Tatsächlich war er, wie er abends nach maßvoll gesteigertem Alkoholkonsum und als er sich traute, die eleganten Pumps der Bequemlichkeit halber auszuziehen und die Füße mit den lackierten Fußnägeln in den zarten Seidenstrümpfen hochzulegen, sogar in einem Beauty-Salon gewesen und hatte sich alle relevanten Bereiche epilieren lassen, was bekanntermaßen gerade für die die Prozedur nicht gewohnte Männerhaut nicht ohne Schmerzen einhergeht.

„Ich war mir zwar nicht ganz sicher, ob das nötig ist, denn ich hatte gehört, dass Epilieren eher eine Maßnahme mit Langzeitwirkung ist, aber Annette kann sehr überzeugend sein."

Annette nickte. „Keine Kompromisse. Wir wollten alles richtig machen, und mit ‚richtig' meine ich: *richtig* richtig."

„Wer weiß, ob die Vitaminpillen, die ich seit zwei Tagen schlucke, angeblich um meinen Frühsport entsprechend zu unterstützen, nicht in Wirklichkeit hochdosierte Hormonpillen sind, die dafür sorgen, dass mir innerhalb von einer Woche ein Busen wächst – ein schöner, großer, schwingender Busen."

Wieder lachten alle. Annette sagte nichts.

„Kurz bevor sie die Größe D erreichen, haben wir dann sicher unsere Erbschaftsgeschichte hinter uns gebracht und du kannst sie wieder absetzen," witzelte Carsten.

„Aber immerhin, je schneller die Hormone wirken, desto eher musst du deine Beine nicht mehr jeden Tag rasieren – und was frau sich noch so alles rasiert."

„Das ist richtig." Andreas nickte zufrieden. „Sehr praktisch!"

„Hey, Simone!", fiel nun doch Annette ein. „Eine Frau würde niemals damit argumentieren, dass etwas *sehr praktisch* ist! Schon gar nicht, wenn es um Kosmetik und die eigene Körperpflege geht! Wenn wir ausschließlich unter Frauen wären," – damit wandte sie sich an Martin und Carsten, „würde ich jetzt Simones Beine vorführen. Das Epilieren ergibt einfach eine wunderbar glatte Haut, ganz ohne all die Verletzungen, die das Rasieren hervorruft."

„Aber das Epilieren war schon martialisch …"

„Jetzt beklag' dich nicht, Mädchen! Du hast es überstanden, wie unendlich viele andere Frauen auch. Nur Männer finden das etwas Unzumutbares und Qualvolles und beschweren sich. Sie haben ja auch kein Empfinden für das wunderbare Ergebnis."

Annette sah Andreas eindringlich an.

„Und letztlich, gib es ruhig zu, war es doch nur ein kurzes Ziepen. Und nun hast du vier bis sechs Wochen lang Ruhe, darfst dich eincremen, so oft du willst, musst dich aber nicht vorher rasieren, und es blutet nichts und du bekommst auch keine Gänsehaut."

„Ich sage ja: sehr praktisch.“

„Nein: Schön! Von jetzt an nur noch die schönen Seiten: eincremen, die glatte, seidige Haut genießen. Genießen, wenn du die Seidenstrümpfe darüber ziehst. Das können die Machos hier natürlich nicht nachvollziehen. Und wenn du dir einen Gefallen tun willst, dann wartest du nicht vier Wochen lang, sondern nimmst das Gerät, das wir dir gekauft haben, und besserst immer mal wieder in bisschen nach. Je kürzer die Haare, desto geringer der Schmerz!“

Andreas schaute etwas verschämt, traute sich kaum, Martin oder Carsten anzusehen.

„Was denn? Du musst dich dafür nicht schämen! Für eine Frau sind das ganz normale Probleme. Ein wenig peinlich würde es höchstens, wenn wir jetzt anfingen, vor den beiden Machos hier über deine Bikinizone zu sprechen und über mögliche Bikinifrisuren zu diskutieren.“

„Bitte nicht!“

„Was denn? Ich verrate schon nicht, welche Frisur wir für dich ausgesucht haben.“ Annette grinste.

„Frisuren?“, fragte Carsten. „In der Bikini-Zone? Da gibt's Frisuren?“

„Aber sicher! Wo Haare sind, da machen Frauen Frisuren.“

„Was für Frisuren?“

Annette zögerte einen Augenblick, bevor sie fortfuhr. „Also, jetzt mal ganz losgelöst von anwesenden Frauen und deren tatsächlicher Wahl: Am bekanntesten sind der ‚Brazilian Landing Strip‘ und das ‚Brazilian Triangle‘. Ersteres der bekannte schmale Streifen, letzteres ein keckes Dreieck.“

„Ich bevorzuge ja den Landestreifen …“

„Aber selbstverständlich kann man auch Herzen oder Pfeile oder sonstige Figuren in seinen – ihren – sorgfältig getrimmten Pelz hinein coiffeuren. Es gibt sogar Schablonen, die man dafür verwenden kann. Da ist dann beispielsweise ein Weihnachtsbaum dabei, für die Weihnachtszeit, oder eine aufsteigende Rakete, wenn die Frau zu Silvester etwas Besonderes vorhat."

Annette hatte die ungeteilte Aufmerksamkeit aller Anwesenden, beschloss aber nun, das Thema nicht weiter zu vertiefen.

„Gut. Soweit für heute. Ich will euch ja nicht gleich alles verraten und euch damit den kostbaren Nachtschlaf rauben. Lieber fasse ich mal zusammen, was wir bisher erreicht haben: Unsere süße Simone hat *so sehr nicht* gelitten, wie ein Mann das vielleicht darstellen würde. Und das Ergebnis ist einfach überzeugend. Und nicht nur bei den rasierten Beinen, oder? Und das war doch die Ansage. Eine durch und durch überzeugende, sympathische junge Frau sollte bei all dem herauskommen. Und das haben wir ja wohl geschafft!"

„Das kann man wohl sagen", pflichtete Martin bei, während Carsten nur versonnen auf seinen Freund Andreas schaute, der nun wie eine wunderschöne Frau aussah, die, wie Carsten bestürzt festgestellt hatte – genau sein Typ war.


Unter Anleitung von Carsten hatte Martin inzwischen die Termine ausgemacht, die notwendig waren, um möglichst umgehend das Erbe auszahlen zu lassen. Dazu bedurfte es einer ganzen Reihe von Schritten, denn die Erbmasse lag ja nicht nur in Geld vor.

Bevor sie die Termine abarbeiteten, musste Andreas aber noch als trauernde Witwe ausgestattet werden.

Die Frage, ob heutzutage eine Witwe, vor allem wenn sie so jung war wie Simone und nur so kurz verheiratet gewesen war, noch Schwarz trug, wurde mit einem Kompromiss angegangen: Es musste ja nicht ausschließlich Schwarz sein. Für den Notar war sicherlich ein schlichtes schwarzes Kostüm mit schwarzen Strümpfen geboten, aber die übrigen Termine würde Simone in verschiedenen, überwiegend dunklen Outfits absolvieren, darunter auch ein dunkelblaues Kostüm mit Nadelstreifen, das maßgeblich auf Annettes Initiative zurückging. Was immer sie damit bezweckte. Daran wurden sogar noch einige Änderungen vorgenommen, so dass die Taille noch schmaler wurde, als sie ohnehin schon war. Annette hatte mit Andreas extra noch ein Unterbrustkorsett gekauft, das die Taille noch einmal um einige Zentimeter schmaler machte.

Wobei Andreas bereits in den ersten Tagen eine Vorliebe für Stiefel entwickelt hatte. Welche Absatzhöhe auch immer, Andreas genoss das Gefühl, das der enganliegende Stiefelschaft an seinen in Nylon steckenden Beinen hinterließ. Und was Martin und Carsten nicht wussten: Annette hatte aus Gründen der glaubwürdigen und rascheren Feminisierung darauf bestanden, dass Andreas durchgehend Strümpfe trug, ob mit Strapsen oder halterlos, wenn irgend möglich mit einem Spitzenrand und immer von hoher Qualität – aber keine Strumpfhosen. Sie wollte, dass Andreas durch das Gefühl dieser unglaublich weiblichen Kleidungsstücke geprägt würde und seine Bewegungen und sein Verhalten spürbar veränderte. Andreas hatte nur ganz kurz Widerstand geleistet und tat seither, was Annette von ihm verlangte.

Fertig ausgestattet, nicht zuletzt mit dezentem

Schmuck und einem ebensolchen Parfum, und frisiert von einer Spezialistin, die das schwarze, schulterlange Haar hochgesteckt und mit einer geschmackvollen Spange verziert hatte, stand Andreas zwei Tage später zu seinem ersten Termin bereit.

Von der echten Witwe hatten sie noch immer nichts gehört.

Das Gespräch mit dem Notar über das Testament und die einzelnen Konsequenzen, die sich daraus ergaben, verlief zunächst problemlos. Der Notar freute sich, die junge Witwe nun endlich auch persönlich kennenzulernen, versicherte, dass es dem ‚Verblichenen' ein besonders Anliegen gewesen sei, alles sauber und ganz im Sinn der Witwe zu regeln – „und nachdem ich Sie nun auch persönlich kenne, kann ich ihn sehr gut verstehen". Dann legte er ihnen die notwendigen Unterlagen vor, in denen alle Beteiligten eine Reihe von Unterschriften tätigen mussten.

Bei diesem Termin war auch Martins Mutter anwesend. Selbstverständlich kannte sie Andreas schon seit langer Zeit. Martin war sich nicht sicher, ob es die unglaublich sympathische Erscheinung der schüchternen ‚Simone' war oder die Tatsache, dass seine Mutter Andreas einfach dankbar war, dass er sich in dieser aufopferungsvollen Weise für sie und ihr Recht auf das Erbe einsetzte, jedenfalls schloss die Mutter das ‚neue Familienmitglied' gleich in ihr Herz – und nicht zuletzt auch an ihren Busen, was sie mit dem Andreas in Hosen und ohne Lidstrich, Wimperntusche und Lippenstift noch niemals getan hatte. Und so erschienen sie Arm in Arm vor dem Notar, der sichtlich erleichtert war angesichts der Tatsache, dass sich der drohende Eklat ganz einfach in Wohlgefallen auflöste. Die junge Frau schien willig zu sein, unabhängig vom Buchstaben des Testaments das Erbe mit den anderen beiden Hinterbliebenen zu teilen, und so bemühte auch er sich, das Ganze zu forcieren, um möglichst schnell alles unter Dach und Fach zu bringen.

Allerdings war das nicht ganz so einfach. Zunächst mussten die Besitzverhältnisse genau geklärt werden. Dazu würde der Notar recherchieren müssen, erbat sich die Mithilfe von Martin und seiner Mutter, versicherte zugleich aber auch, selbst sein Möglichstes tun zu wollen. Wenn dann alles geklärt sei, könne man sich darüber unterhalten, ob das gesamte Erbe an Simone ausgezahlt oder ob eventuell, wie Simone angedeutet hatte, eine Teilung vorgenommen werden sollte, die man gleich hier vollziehen könne – das würde Erbschaftssteuern und Notarkosten sparen, versicherte er augenzwinkernd.

Allerdings würde auch dies seine Zeit dauern. Martin wollte nicht, dass der Notar merkte, wie sehr ihnen daran gelegen war, das Ganze möglichst schnell über die Bühne zu bringen. Dennoch versuchte er, auf unauffällige Weise herauszufinden, ob man schon einmal mit unproblematischeren Dingen wie dem Geldbestand und dem vorhandenen Gold beginnen könne.

Der Notar zeigte sich für alles aufgeschlossen. Er war bereit, auf alle Wünsche einzugehen und versicherte, dass er jeden Wunsch erfüllen wolle, den er erfüllen könne. Und so machte er eine Liste, die die einzelnen Teile des Erbes nach der Schnelligkeit auflistete, mit der sie überschrieben oder ausgezahlt werden könnten.

„Allerdings wird der Hauptbatzen, ich meine die Immobilien, den gesetzlichen Fristen entsprechend erledigt werden müssen."

„Was bedeutet das genau?"

„Nun," der Notar schien sich darüber im Klaren zu sein, dass das keine gute Nachricht für die junge Witwe und die übrigen Hinterbliebenen war, „der Gesetzgeber sieht Fristen vor, in denen das Erbe öffentlich gemacht werden muss, damit sich mögliche Erbschaftsberechtigte melden und ihren Anspruch geltend machen können. Diese Fristen betragen leider sechs Monate."

Martin sah, wie Andreas unter seinem Make-up blass wurde. Er nickte. „Und da gibt es keine Möglichkeit, das zu umgehen?"

„Ich fürchte, nein." Der Notar schüttelte bedauernd den Kopf. Dann machte auch er sich etwas kleiner. „Wenn ich fragen darf: rechnen Sie denn damit, dass sich noch jemand melden könnte? Gibt es sonst noch jemanden, der Anspruch auf das Erbe erheben könnte? Ihr Großvater hat mir gegenüber niemanden genannt."

„Das nicht", antwortete Martin, „aber Simone lebt ja eigentlich nicht hier. Sie war sich nicht sicher, wie lange sie bleiben kann, bevor sie wieder nach Hause muss."

„Nun ja." Der Notar nickte verständnisvoll mit dem Kopf. „Das verstehe ich. Aber die Immobilien werden Ihnen ja nicht davonlaufen. Und so wie ich das sehe, wird alles glatt gehen. Und was sind da schon sechs Monate! Es sind im Übrigen ja auch schöne Häuser darunter. Vielleicht möchten Sie", damit wandte er sich an Andreas, „ja in eines von ihnen selbst einziehen. Ich werde Ihnen eine Liste zusammenstellen, dann können Sie sie sich schon einmal ansehen. Nur so für den Fall, meine ich."

Andreas nickte. „Das ist sehr freundlich von Ihnen, vielen Dank. Ich würde sie sehr gern einmal sehen.

Immerhin gehören sie dann demnächst ja mir, nicht wahr?" Er lächelte scheu. „Oder Euch. Je nachdem." Er blickte Martin und seine Mutter an.

Alle lächelten. Die Mutter legte ihre Hand auf seinen Unterarm und streichelte ihn sanft.

„Es wäre gar nicht schlecht," stimmte Martin mit ein, „wenn du die Immobilien mal gesehen hast. Und wenn tatsächlich eine passende Wohnung frei wäre, könntest du ja wirklich überlegen, ob du nicht hier einziehen willst. Dann wären wir alle beisammen und könnten gemeinsam hier leben bis an unser Lebensende."

Wieder lächelten alle, wenn man Andreas auch die Unsicherheit ansehen konnte.

Immerhin: sechs Monate!

# Tempus fugit

Nach dem Termin beim Notar standen noch andere Termine an. Letztlich verliefen sie sämtlich ganz ähnlich. Alle waren froh, dass die Erben, allen voran die Witwe, einen so sympathischen Eindruck machten, und jeder würde sein Bestes geben – aber in beinahe jedem Fall würde es nicht so schnell gehen, wie die ‚Erben' es sich erhofft hatten. Es waren zahlreiche Unterlagen einzuholen und Bescheide abzuwarten, und wenn sie auf wirklich das letzte Dokument warten würden, mussten sie sich auf eine Wartezeit gefasst machen, die noch über das halbe Jahr hinausging, das sie auf die Immobilien würden warten müssen.

Aber so lange würden sie selbstverständlich nicht warten können. Irgendwann, und das konnte schon sehr bald geschehen, würde die echte Simone auf der Bildfläche erscheinen. Bis dahin wollten sie so viel wie möglich geregelt haben. Damit müssten sie sich dann eben zufriedengeben.

Und so verging langsam die Zeit. Jeden Tag rechnete Martin damit, dass das Telefon klingelte und er eine Nachricht von der echten Witwe erhielt. Doch nichts geschah.

Andreas spielte weiter seine Rolle als Simone. Er absolvierte die Termine gemeinsam mit Martin oder seiner Mutter oder Martin und Carsten, aber in der Zwischenzeit bestand Annette darauf, dass er ohne Kompromisse in seiner Rolle blieb, 24 Stunden am Tag, sieben Tage die Woche. Sie wollte einfach keinen Fehler machen, wollte keinem dummen Zufall in die Hand spielen. Sie wollte auf Nummer sicher gehen. Und so lebte sich Andreas immer mehr in die Rolle der Frau ein, ohne in der ganzen Zeit auch nur einmal Männerkleidung zu tragen oder etwas zu tun, was nicht zu seinem Outfit, dem Make-up, das er ständig trug, und den Kleidern und Röcken passte, in denen er gewöhnlich auf die Straße ging. An seine weiblich-hohe Stimme hatten sich ohnehin inzwischen alle gewöhnt.

Eines Morgens erreichte sie eine Nachricht des Immobilien-Verwalters. Eine Wohnung in einem der Häuser des Großvaters war frei geworden und da diese zu den wirklich hochwertigen gehörte, wollte der Verwalter eine Neuvermietung nicht ohne die neue Eigentümerin veranlassen. Also arrangierte Martin einen Besichtigungstermin am Nachmittag.

Andreas hatte in Bezug auf Simones Kleidung inzwischen den Ansatz eines eigenen Geschmacks entwickelt. Da es für diesen Termin keine Kleiderordnung gab, ließ Annette ihm die freie Wahl. Er stand lange vor dem Schrank in Annettes großer Wohnung, der im Augenblick seiner, vielmehr: Simones Schrank war, und wählte sorgfältig. Schließlich präsentierte er seine Wahl: ein schwarzer Rollkragenpullover, der die von einem entsprechenden BH wohlgeformten Brüste wunderbar herausarbeitete, und einen engen, graukarierten Rock, der bis etwas über die Knie ging und hinten nur relativ kurz geschlitzt war. Dazu hautfarbene Strümpfe und schwarze Pumps mit einem zehn Zentimeter hohen Absatz.

Annette nickte. „Gute Wahl! Das steht dir einfach, mit den schwarzen Haaren. Und wir werden dir ein entsprechend natürliches Make-up verschaffen. Aber weißt du noch, was wir bei der Anprobe des Rocks besprochen haben?"

Andreas schüttelte mit dem Kopf. „Ist mir entfallen."

„Der Schlitz hinten ist sehr kurz, du wirst also nur sehr kleine Schritte machen können. Das bringt zwar deine Pumps wunderbar zur Geltung, denn man wird sie deutlich hören, aber es ist für dich natürlich auch ein bisschen anstrengend. Ohne deutlich mit dem Po zu wackeln, wirst du dich kaum fortbewegen können. Denk an Marilyn auf dem Bahnsteig! Und dann: Der Rock ist aus einem Stretch-Stoff, damit er sich den Kurven der Frau möglichst gut anpasst. Nun hast du für eine Frau verhältnismäßig wenig Kurven. Das kann sich ja noch ändern, wenn die Hormone so richtig zu wirken beginnen."

Andreas riss die Augen auf.

Annette lachte. „Kleiner Scherz. Aber solange das so ist, wollten wir dem mit entsprechender *Shapewear* Abhilfe schaffen."

Damit ging sie an eine Schublade und kam mit einer Tüte zurück, die ein Kleidungsstück enthielt, das noch eingeschweißt war.

„Du wirst das hier darunter anziehen müssen. Probier' es mal aus!"

Andreas zog den Rock wieder aus – Annette bemerkte, dass er keineswegs eine Strumpfhose trug, wie sie halb und halb erwartet hatte, sondern einen Strapsgürtel und Strümpfe mit einem breiten Spitzenrand; sie schmunzelte – und stieg in das Höschen. Als er es an den Beinen hochzog, zeigte es sich, dass es sowohl an den Seiten, in Höhe des Gesäßes, als auch am Po rundliche Polster hatte. Sobald er es bis in den Schritt hochgezogen hatte, merkte er, wie eng es sich an seinen Unterleib anlegte – aber plötzlich hatte eben dieser

Unterleib eine ganz andere Form.

„Siehst du, jetzt hast du einen *Hintern*!", frohlockte Annette. „Und auch an den Hüften hast du jetzt Kurven! Zieh den Rock wieder an!"

Dabei merkte Andreas, dass der Stoff nun sehr viel enger saß. Er hing nicht mehr mehr oder weniger lose an seinem Körper hinunter, wie es vorher der Fall gewesen war, sondern sein Körper – richtiger: die Polster – füllten den Rock nun vollkommen aus.

Als er in den Spiegel sah, war er selbst beeindruckt. *Das* waren Kurven!

„Aber mein Hintern – ist das nicht ein bisschen zu viel?"

„Zu viel? Auf keinen Fall! So muss ein Hintern aussehen! *Mindestens* so! Jetzt wird dein Körper ganz langsam so, wie eine Frau sich ihren Körper wünscht! Glaub mir."

Andreas strich mit der Hand vorsichtig darüber. Es fühlte sich komisch an, denn tatsächlich spürte er nichts. Er streichelte ja nicht seinen Hintern, sondern Schaumgummipolster, die auf seinem Hintern lagen wie eine dicke Schutzschicht. Aber in einem hatte Annette recht: das waren wirklich Rundungen, wie sie sein sollten.

„Jetzt pass auf. Bisher hast du von mir immer nur ein Mieder bekommen, das ein bisschen dein Bäuchlein kaschiert hat.

„Ein bisschen? Das saß schon ganz schön eng, finde ich."

Annette nickte. „Das hast du so empfunden, weil du es nicht gewohnt warst. Aber jetzt hast du dich daran gewöhnt. Jetzt will ich, dass wir einen Schritt weiter gehen."

„Noch weiter?"

„Jetzt wird es überhaupt erst interessant. Und das Ergebnis wir auch dir gefallen, glaub' mir!"

Sie ging wieder an die Schublade und kam – es war unverkennbar – mit einem Korsett zurück. Schwarz, mit ein paar Spitzen und Rüschen daran, aber sehr zurückhaltend.

„Wir werden dich jetzt schnüren. Du wirst sehen, das fühlt sich toll an."

„Aber bekomme ich dann noch Luft?"

„Wenn wir es falsch machen, nicht. Aber das merken wir dann schon, spätestens wenn du umfällst. Früher vielen die Frauen ja ständig in Ohnmacht, eigentlich weil ihre Korsetts zu eng geschnürt waren. Sie nahmen dann Riechsalz, dabei hätten sie einfach nur die Korsetts etwas lockern müssen. Glaub mir, ich habe damit so meine Erfahrungen, ich weiß, wie es geht. Und das Ergebnis wird dich umhauen!"

„Ich hoffe, das meinst du nicht buchstäblich."

„Wart's ab!"

Andreas zog den Pullover wieder aus, so dass er nur im BH dastand.

Annette zögerte einen Augenblick, während sie ihn ansah. „Eigentlich … wenn wir schon so stilvoll sind, dann solltest du auch ein Unterkleid tragen."

Wieder ging sie zur Schublade und kam mit einem Unterkleid aus Seide oder Satin mit Spitzenbesatz zurück. Sie hielt es Andreas hin und der stieg noch einmal aus dem Rock und zog das neue Kleidungsstück an, das sich nur wie ein Hauch über seine Haut legte. Annette zog es über dem Busen zurecht und als es richtig saß, bemerkte Andreas, wie gut sich nun alles anfühlte. *So* gehörte das, das fühlte er – und nicht zum ersten Mal, seit er Röcke, Pumps und Lippenstift trug, wurde es warm und eng in seinem Höschen.

Nun trat Annette hinter ihn und legte ihm das Korsett um, sorgte dafür, dass die Silikon-Brüste gut darin lagen, und begann damit, die Schnüre anzuziehen. Andreas spürte, wie es langsam enger wurde, aber das war nicht unangenehm. Eher wie eine enger werdende Umarmung. Annette ging sehr langsam und sorgfältig vor, und so spürte Andreas kaum, dass es immer enger wurde, bis es ihn plötzlich in der Taille zu schmerzen begann. Das war der Punkt, an dem Annette wieder ein bisschen nachließ und dann alles fest verschnürte.

„So. Das Mieder brauchst du jetzt nicht mehr. Jetzt zieh wieder den Pullover an und dann den Rock. Gut so …“

Sie zupfte hier und da ein wenig – und dann lächelte sie.

„Das ist schon … du bist wirklich eine schöne Frau, weißt du das eigentlich, Simone?“

Damit drehte sie Andreas zum Spiegel um und trat zur Seite.

Andreas schaute lange ich den Spiegel. Seine Taille kam ihm überraschend schmal vor, und von ihr ging eine wunderbare Kurve aus, die über die gewölbten Hüften und dann wieder einwärts zu den Knien führte.

„Stell mal die Beine voreinander. Und jetzt knick ein bisschen in der Hüfte ein. Siehst du, so wird deine Silhouette an den Beinen noch schmaler und durch den Knick in der Hüfte – das darfst du ruhig noch extremer machen! – werden die Kurven noch mehr betont.“

Andreas hatte ganz automatisch die Hände auf die Hüften gelegt. Der Stretch-Stoff des Rocks brachte die Kurven nun unglaublich gut zur Geltung! Und der

Trick mit den Beinen unterstützte das noch zusätzlich.

Andreas drehte sich zur Seite: Sein Bauch war so flach wie ein Brett, aber Busen und gepolsterter Hintern standen als deutliche Hügel ab. Andreas wurde es plötzlich mulmig. War das er? Vor ihm stand eine attraktive Frau, die mit ihrem Körper Signale aussenden würde. Dieser Körper verbarg weder den Busen noch den Hintern, die zudem in schönen Dessous steckten und berührt werden wollten. Diese Kleidung zeigt sie, präsentierte sie gewissermaßen, sagte: Ich bin eine Frau, eine begehrenswerte Frau, und ich *will* begehrt werden. Seht wie schön ich bin und dass ich bereit bin! Das gleiche sagten die Beine in den Nylons und die Pumps mit den atemberaubenden Absätzen: *Ich will begehrt werden.*

Wollte er, Andreas, dieses Signal aussenden. Dieses Signal, mit dem sich jede Frau sozusagen zu Markte trägt und sich anbietet?

Er, Andreas, vielleicht nicht, dachte plötzlich etwas in ihm. Aber Simone schon! Was für ein tolles Gefühl! Wird mir wirklich jemand hinterherschauen, wenn ich so durch die Gegend stöckle? Werde ich jemandem auffallen, vielleicht weil er das aufreizende Klackern meiner Absätze auf dem Boden hört? Wird jemand diese Kurven sehen und denken: Wouw, was für eine begehrenswerte Frau?

Und dann? Werde das ich sein? Ich bin keine Frau!

Aber ich wäre sie gern! *Diese* Frau wäre ich sehr gern!

Was Frauen es doch gut haben, dachte Andreas weiter. Diese wunderbare Kleidung! Schon allein diese Wäsche, die Dessous, die Stoffe … diese Seidenstrümpfe, wie sie sich auf der glatten Haut anfühlen … und selbst diese hochhackigen, eleganten Schuhe, die so wunderbare Geräusche beim Gehen machen – wenn man sich erst einmal daran gewöhnt hat –, was geben sie einem doch für ein besonderes Gefühl! Das ist mit nichts zu vergleichen, was man als Mann erleben und empfinden kann.

Ich sollte mich als Mann darüber nicht so freuen.

Als Mann vielleicht nicht, aber jetzt gerade spiele ich eine Frau. Und ich habe nicht gewusst, dass es so schöne Seiten an dieser Aufgabe gibt. Ich dachte, es wäre einfach nur peinlich: Ich mit einem BH, mit Stöckelschuhen und Lippenstift, der dann überall an den Gläsern und Tassen Spuren hinterlässt – wie lächerlich! Ich habe mich geschämt und dachte, dass das so weitergehen, dass es sogar noch schlimmer werden würde, wenn ich in die Öffentlichkeit müsste und alle mich anstarren und mit dem Finger auf mich zeigen würden, weil es so lächerlich ist, als Mann in Frauenkleidern herumzulaufen. Aber Annette hat alles von vornherein richtig gemacht, hat es richtig angepackt, und jetzt … macht es sogar Spaß, fühle ich mich richtig wohl – wohler noch, als ich es bisher gewohnt war. Sogar Martin und Carsten schienen irgendwie beeindruckt zu sein, als sie mich zum ersten Mal sahen. Aber es schien ihnen auch zu gefallen. Nein, jetzt gerade wollte ich nichts anderes tragen. Jetzt *freue* ich mich darüber, dass ich das darf. Dass ich diese Zeit in Kleidern erlebe. Auch wenn ich das nach außen so vielleicht nicht zugeben würde. Und ich bin sogar schon so sehr an diese Schuhe gewöhnt, dass es mir nichts ausmacht, einige Stunden lang darin herumzulaufen. Ganz im Gegenteil: es gefällt mir sogar. Und dieses Geräusch, wenn die Absätze auf den Boden klacken, macht mich sogar richtig heiß. Das ist doch irgendwie … sexy. Auch wenn das nur ich bin, der auf diesen Absätzen herumläuft, und nicht wirklich eine sexy Frau, so wie es sich anhört.

Morgen ziehe ich endlich mal diesen Lederrock an, der da auf dem Stuhl liegt. Das wollte ich schon die ganze Zeit ...

Die Wohnung entpuppte sich als echter Geheimtipp. Jugendstilvilla im Grünen, *Belle étage* mit viel Stuck und Parkettböden, Doppelflügeltüren mit Messingbeschlägen, z.T. sogar mit buntem Glas.

Der Verwalter führte sie herum. In einem Raum stand noch der originale, große Kachelofen, in einem anderen gusseiserne Heißkörper mit Jugendstilornamenten.

„Ich wollte Ihnen die Wohnung unbedingt zeigen. In meinen Augen wäre das eine Wohnung, in der Sie selbst wohnen könnten. Ihr verstorbener Ehemann hatte soetwas einmal angedeutet, als Sie noch nicht verheiratet waren. Dies wäre vielleicht die schönste Wohnung, die wir haben. Wie für Sie geschaffen!"

Annette traute ihren Augen nicht: Andreas errötete! War es wegen des Kompliments?

Auch Martin war ‚Simones' Reaktion aufgefallen. „Und?", schloss er sich dem Verwalter an, „wäre das nichts für dich?"

Andreas sah ihn verwundert an. „Für mich?", entfuhr es ihm spontan.

„Ja, für dich! Du bist schließlich die Witwe! Und dir wird das hier alles gehören. Du könntest hier leben!"

„Aber ..."

„Ich kann meinen Opa gut verstehen. Das wäre tatsächlich die perfekte Wohnung für dich."

Andreas fiel es sichtlich schwer, sich auf das Spiel einzulassen. Martin spielte es so überzeugend, dass es sich für ihn nicht wie ein Spiel anfühlte. Für einen Moment stellte er sich vor … *sie*; stellte *sie* sich vor, hier zu wohnen.

„Eine wunderbare Wohnung!"

„Es ist alles fertig!", fügte der Verwalter beflissen hinzu. „Wir haben alles renoviert, haben ein paar Modernisierungsmaßnahmen vorgenommen, vor allem im Bad und an der Heizung. Alles ist tipptopp, auf dem neusten technischen Stand, aber ohne einen Stilbruch. Sie können sofort einziehen!"

Und damit hielt er der jungen Witwe die Schlüssel hin.

Und Andreas nahm sie! Etwas unsicher, man sah ihm an, dass er einem Impuls folgte, der gegen seinen Verstand ankämpfte. Für einen Augenblick wollte er nicht an die Konsequenzen denken. Was für eine Vorstellung! Er als Frau in dieser Wohnung! Wie würde er sie einrichten – als Frau? Wie würde es hier aussehen?

Er drehte sich um, machte ein paar Schritte von den anderen weg. Die harten Absätze der Pumps klackerten laut auf dem lackierten Parkett. Er genoss das Geräusch – das war so unglaublich weiblich! Und das war er – nein: *sie*! Hier würde er nur als Frau sein können. Also *sie*.

Andreas betrat das Bad. Eine zweite Tür führte in einen kleineren Raum, in deren Wänden Einbauschränke eingelassen waren – das Ankleidezimmer! Ein eigenes Ankleidezimmer! Dann musste das daneben das Schlafzimmer sein. Er trat in den nächsten Raum – groß und hell. Das Bett musste in der Mitte stehen, ein großes Bett! Sonst nicht viel, dafür gab es ja das Ankleidezimmer. Aber zum Schminken ... einen Schminktisch, soetwas würde die Frau brauchen, die er hier wäre! Einen gut beleuchteten Schminktisch.

Die Schlüssel in seiner Hand klimperten. Er sah auf die professionell manikürten Fingernägel hinunter, auf den Schlüsselbund. Im Fenster fiel sein Blick auf sein eigenes Spiegelbild.

Er zögerte.

Es würde selbstverständlich nicht gehen. Er war keine Frau und er war nicht Simone. Die echte Simone würde morgen oder übermorgen oder spätestens nächste Woche hier sein und alles würde wie eine Seifenblase zerplatzen und er musste verschwinden, spurlos und von einem auf den anderen Augenblick.

Schade eigentlich. Für einen Moment schien dieser Traum zum Greifen nahe. Nur zugreifen ... aber das ging eben nicht.

Den Schlüssel allerdings würde er behalten, bis er definitiv das Feld für die Erbschleicherin würde räumen müssen. Vorher würde er ihn nicht zurückgeben. Wer weiß, vielleicht würde er ihn gar nicht zurückgeben; ihn stattdessen mitnehmen – als Erinnerung an diesen wunderbaren Traum.

Er ging zurück zu den anderen, die ihn allein durch die Räume hatten wandern lassen. „Ich werde darüber nachdenken. Vielleicht darf ich den Schlüssel so lange behalten, damit ich zwischendurch einmal vorbeischauen kann, wenn ich Entscheidungshilfe brauche."

„Aber selbstverständlich!" Der Verwalter freute sich sichtlich, der schönen, jungen Witwe mit den melancholischen Augen einen Gefallen getan zu haben, der ihr gefiel.

„Ich würde gern einen Kaffee trinken gehen, was haltet ihr davon?"

Doch die anderen hatten keine Zeit. Nur Carsten wollte mitkommen. Er musste später dann zu einer Verabredung.

Und so verging auch dieser Tag, ohne dass die echte Simone sich gemeldet hätte.

Sie würden jeden Augenblick von ihr hören, damit rechneten alle. Je länger es dauerte, desto plötzlicher würde sie auftauchen.

Aber seltsam war es schon, das empfanden alle so. Vier Wochen war Martins Großvater nun tot, Simone war bereits fünf Wochen unterwegs. Dass sie sich so überhaupt nicht meldete, wollte eigentlich nicht recht zu der Vorstellung passen, dass sie vor allem anderen an das Erbe heran wollte.

Es gab Augenblicke, in denen der eine oder andere der ,Verschwörer' darüber nachdachte, was wohl wäre, wenn Simone tatsächlich nicht wiederkäme. Einerseits würden sie dann in den Besitz des gesamten Erbes kommen.

Aber was würde dann mit Simone – Andreas – geschehen?

# Irrungen und Wirrungen

Einige Tage und einige Termine später. Inzwischen war schon ein Teil geregelt, zumindest musste Martin nicht mehr vorlegen, denn es waren bereits einige Konten zugänglich. Andreas wurde von Martin großzügig mit Geld versorgt. Statt es für sein Kunststudium zurückzulegen, investierte er mit und ohne Anleitung von Annette einen großen Teil davon in Kleidung und Kosmetik. Auch Schmuck hatte er sich inzwischen zugelegt, selbst Ohrringe hatte er sich gekauft, da er nun schon einmal die Ohrlöcher hatte und das Gefühl mochte, wenn an seinem Ohr etwas baumelte. Nicht zuletzt erinnerte ihn das permanent an seine weibliche Erscheinung und half auf diese Weise dabei, seine Rolle zu spielen. Im Übrigen gehörten zarte Ohrringe und kunstvolle Ohrgehänge, wie Annette versichert hatte, zu den verlässlichsten Möglichkeiten, Zweifel eines misstrauischen Beobachters an der tatsächlichen Weiblichkeit dieser ‚Witwe' auf subtile Weise zu unterwandern.

Andreas verlor dieses Ziel durchaus nicht aus den Augen. Aber das hieß ja nicht, dass er seiner Aufgabe nicht auch mit einer gewissen Befriedigung nachkommen durfte. Zumal es auch Nachteile mit sich brachte, wenn man das eher unkomplizierte Leben eines Mannes gewohnt war.

Wieder war ein Tag vergangen. Für den Abend war Andreas mit Carsten verabredet. Sie wollten nach langer Zeit wieder einmal ins Kino gehen.

Anders als früher wählte Andreas Kleidung, Frisur,

Make-up, Schmuck, Parfum, Schuhe und sogar die Handtasche nun sorgfältig aus. Denn heute war ihm nach etwas Ausgefallenem. Etwas Verruchtem. Er hatte inzwischen den Lederrock getragen und er hatte es genossen! Da wollte er weiter machen. Und in Gesellschaft von Carsten hatte er ja nichts zu befürchten.

In dem Schrank hing ein Etuikleid, das ganz aus Leder war. Es war vielleicht ein bisschen kurz, aber dafür hatte er ja Stiefel. Sogar Overknee-Stiefel hatten Annette und er gekauft – wieso das? –, aus weichem Wildleder. An der Seite mit einer kleinen Schnürung, von der die Enden der Lederschnüre unternehmungslustig hinabhingen.

Schwarze Strümpfe oder hautfarbene? Ene mene muh – die schwarzen. Ihm war aber doch eher nach den hautfarbenen, die aussahen, als sei seine Haut nackt. Also zog er diese an. Strümpfe, halterlos, mit schmalem Spitzenrand. Er wollte es ja verrucht, hatte er selbst gesagt. Nein: schön! Es sah einfach heiß aus, und wunderschön! Und das weiche Leder des Kleids ließ …
das passierte inzwischen immer wieder einmal: ganz offensichtlich fand er selbst diese Simone heiß und reagierte entsprechend darauf. Jedenfalls sah er die Notwendigkeit, eine Beule in dem engen Kleid zu verhindern, und zog kurzentschlossen eine Miederhose über das Spitzenhöschen, das er trug. Die engste Miederhose, die er fand, und er zog sie so fest um seinen Schritt, dass dieser wirklich flach war.

Schließlich stieg er in die Stiefel, genoss jeden Zentimeter, den er tiefer darin eindrang. Es war wie … sich in eine warme Decke hüllen, sich in eine warme Badewanne legen … Er genoss es erst beim einen, dann beim andern Stiefel. Zog die Schnürung zu, bis alles richtig saß. Es fühlte sich berauschend an. Er schaute in den Spiegel – umwerfend! Heiß! So eine Frau – bei der hätte er als Andreas niemals eine Chance gehabt. Jetzt war er selbst so eine – oder doch fast. Zumindest sah er so aus. An diesem Abend *war* er es – „heute Abend bin ich eine Frau!", flüsterte er verschwörerisch seinem Spiegelbild zu, „heute Abend bin ich *diese* Frau, bin Simone. Hallo Simone! Zieh die großen Ohrgehänge an, Simone. Die kleinen Ohrringe passen einfach nicht zu diesem heißen Outfit! – Jeansjacke oder Motorradjacke? Was meinst du, Simone? – Willst du wirklich ganz in Leder gehen? Nimm lieber die Jeansjacke. Eine Form des *understatements*." Simone lachte.

Dann schminkte er sich noch. Es war Abend, würde dunkel sein, also trug er mehr Farbe auf. Die Augen bekamen eine dunkle Umrandung, die Wimpern besonders viel Tusche. Dunkler Lidschatten, breiter Lidstrich. Einfach heiß!

Die Haare, in denen er inzwischen *Extensions* statt der anfänglichen Perücke hatte, ließ er offen, er fuhr sich gern mit der Hand hindurch, bekam dann selbst seine wunderschön lackierten Fingernägel zu Gesicht, die heute Abend dunkelrot waren.

Frauen hatten so vieles, das sie genießen konnten!

Carsten wartete vor dem Kino. Als er Andreas sah, fiel ihm buchstäblich die Kinnlade herunter.

„Wouw!", sagte er, „wenn ich nicht wüsste, dass du gar keine …"

„Was soll denn das?" Andreas hatte nun seit fast fünf Wochen regelmäßig das Asthma-Spray verwendet, seine Stimme klang glaubwürdig weiblich-hoch. „Willst du mir den Abend verderben? Mal ganz davon abgesehen ... du kennst die Regeln!"

Carsten entschuldigte sich sofort. Redete ihn schließlich nur noch mit ‚Simone' an. Und war von nun an der vollendete Kavalier.

Als sie in den Kinosesseln saßen, unterhielten sie sich wieder ganz entspannt. Sie hatten eine riesige Tüte Popcorn und tranken Sekt – Carsten hatte darauf bestanden, „zur Feier des Tages".

„Was feiern wir denn?", hatte Andreas gefragt.

„Wir feiern – *uns*!", hatte Carsten zögernd geantwortet. „Wir feiern, dass wir uns hier einen schönen Abend machen können, dass wir hier so sitzen. Und wir feiern *dich*, Simone, dass ... du eine so schöne Frau bist, und wir feiern *uns*, weil ... weil wir ein so schönes Paar sind. Und überhaupt. Prost!"

Andreas wunderte sich ein wenig über seinen alten Freund. War er betrunken? Hatte er vor dem Kinobesuch schon getrunken. Tatsächlich kam er ihm ungewohnt aufgekratzt vor. Aber selbstverständlich stieß er mit ihm an. Schließlich hatte er recht: Es war ein schöner Abend, es war schön, dass sie hier im Kino waren – und er fühlte sich wirklich wohl in diesen wunderbaren Kleidungsstücken! Er fühlte seinen ganzen Körper, fühlte es in seinem Schritt kribbeln, fühlte, dass er erregt war, dass die Miederhose durchaus nötig war, um zu verhindern, dass dieses Bild, in dem wirklich *alles* stimmte, gestört würde ... schlug die in das weiche Wildleder gehüllten Beine übereinander und drückte die Schenkel unauffällig zusammen, denn das Kribbeln im Schritt ließ sich auf diese Weise noch steigern, wenn er immer wieder leicht die Muskulatur in seinem Schritt anspannte ...

Und da ging auch schon das Licht aus. Langsam

wurde es stockdunkel. Der Vorhang öffnete sich lautlos und die ersten Bilder begannen auf der noch halb verhüllten Leinwand zu flimmern – da spürte Andreas, wie Carsten seine Hand auf sein Bein legte, nicht etwa auf das Leder des Stiefels, sondern auf das wenige Stückchen Haut, das durch die Nylons zu sehen gewesen war, als das Licht noch alles erhellt hatte, ganz nahe am Rand des weichen, duftenden Lederkleids …

Andreas erstarrte. Für einen Augenblick war er schockiert. Carstens Hand auf seinem Bein, so nah am Rand seines Kleids – als wäre er eine Frau! Als wollte Carsten ihn anmachen! Als wenn …

Aber in seinem Miederhöschen pochte es nur umso mehr. Andreas war halb auf das eine, halb auf das andere konzentriert, konnte sich aber noch immer nicht rühren.

Wenn er im Sitz hochrückte, würde Carsten vielleicht verstehen.

Er blieb, wo er war. Irgendetwas sträubte sich in ihm, Carsten zu vertreiben.

Wieso vertrieb er ihn nicht?

Carsten war immer derjenige gewesen, der wusste, wo es lang geht. Gemeinsam mit Martin. Andreas hatte sich immer voller Vertrauen ihrer Führung überlassen. Deswegen saß er jetzt hier, in einem Kleid, in Lederstiefeln mit hohen Absätzen, mit einer Frauenfrisur, Ohrgehängen in seinen Ohren und Lippenstift auf seinen Lippen.

Darauf, sich gegen Carsten wehren zu müssen, war er nicht gefasst.

Auf der Leinwand lief Werbung. Beide wussten, dass keiner von ihnen die Bilder verfolgte.

Carsten spürte das Zögern und interpretierte es in seinem Sinn. Ganz leise begann er, das Bein zu streicheln, das so eng neben dem seinen lag.

Noch immer kam von Andreas keine Reaktion. Er rührte sich nicht.

Carsten begann, mit seiner Hand die Umgebung zu erkunden. Das weiche Leder der heißen Overkneestiefel auf der einen Seite – dass Andreas ... Simone sich traute, soetwas anzuziehen! Es in der Öffentlichkeit zu tragen! Ihr musste doch klar sein, dass die Gefahr bestand, dass jemand über sie herfallen würde, wenn sie so auftrat! Vielleicht hatte sie sich sicher gefühlt, weil sie schon so lange Freunde waren. Oder hatte sie ...

Das gehörte zu den Fragen, die er bei sich sammelte, um sie irgendwann, im geeigneten Augenblick zu beantworten. Die erste war die, was sie *drunter* trug, unter dieser meist eleganten, meist konservativen, sehr förmlichen Kleidung, wenn sie zu irgendwelchen Terminen gingen. Schicke Dessous? Mit Spitzenrändern und Stickereien? Oder schlichte Baumwolle? Trug sie wohl auch mal Lack? Oder String Tangas? Oder gar kein Höschen?

Aber jetzt: jetzt ganz konkret? Immerhin war Simone ... Andreas ein Mann. Ging er so weit? Trug er auch jetzt ein feminines Höschen unter dem kurzen Lederkleid, vielleicht sogar Reizwäsche? Einen durchsichtigen, roten String Tanga mit Spitzenbesatz? Jetzt und hier im Kino?

Und die zweite Frage war nun: Warum hatte Andreas sich so angezogen – wenn nicht für *ihn*? Hatte er *ihn* anmachen wollen? Er rang schon seit Tagen mit sich – schließlich war Andreas für ihn noch immer zum Großteil Andreas. Aber seit er ihn so gesehen hatte, in diesem heißen Outfit, war er sich seiner Sache sicher. War Andreas sich seiner Sache schon viel früher sicher gewesen? War dieses Outfit die ultimative Aufforderung an ihn, der auf feinfühligere Signale einfach nicht reagierte? Eigentlich war er der Mann, er musste den ersten Schritt tun. Hatte er bisher nur nicht begriffen, was für Simone schon sehr viel früher klar gewesen war?

Die Entdeckungstour seiner Hand wandte sich nun dem Rand des Lederkleids zu. Die Hand fuhr daran entlang, ganz, ganz langsam. Es war eher ein Streicheln als ein Wandern.

Er meinte, in Simones Körper ein leises Beben zu spüren. Ganz zweifellos war sie erregt. Anders konnte es nicht sein.

Sollte er fortfahren?

Sollte er vielleicht …

In diesem Augenblick spürte er, wie Andreas eine Hand auf die seine legte. Sie bremste ihn – aber sie schob ihn nicht weg. Nach einigen Sekunden, in denen die Hände so gelegen hatten, nahm Andreas Carstens Hand von seinem Bein, fasste sie und hielt sie. Legte die andere Hand ebenfalls darauf.

Carsten blickte aus den Augenwinkeln hinüber. Da saß diese heiße Frau neben ihm, die Beine kokett übereinander geschlagen, und hielt seine Hand, das war kein Zweifel. Sie hatte ihn nicht verscheucht, hielt stattdessen seine Hand, die noch immer – fast – auf ihrem Bein lag.

Carsten wartete ab. Sie hatten Zeit, einen ganzen Film lang und die Werbung, die noch immer lief. Sie konnten es ganz langsam angehen – vielleicht war diese Frau, die ein solch anmachiges Outfit und seine Wirkung noch nicht gewohnt war, doch auch noch verwirrt. Schließlich war sie bisher ein Mann und – wohl – nicht schwul gewesen.

Andreas hielt Carstens Hand. Er erinnerte sich daran, wie er vorhin vor dem Spiegel gestanden hatte. Daran hatte sich nichts falsch angefühlt. Und all die anderen Sachen. Dies war längst kein ‚Job' mehr, kein Gefallen, den er Martin und seiner Mutter tat, weil er sich daraus einen finanziellen Vorteil versprach. Gerade die Mutter – sie hatte ihn so warmherzig behandelt! Sie war immer schon freundlich zu ihm gewesen, aber seit er ‚Simone' war, behandelte sie ihn wie ihresgleichen. Mehr noch: wie eine Tochter, die sie nicht hatte. Plötzlich bestand auf geheimnisvolle Weise eine Beziehung zwischen ihnen. Und es fühlte sich richtig und gut an. Auch da war nichts Falsches daran, ganz im Gegenteil. Er hatte sich noch nie so … *ganz* gefühlt, wie in den Gesprächen mit ihr, in ihrer Gegenwart.

Und noch nie so lebendig wie jetzt. Er war aufgeregt. Carsten war so mitfühlend, so sanft.

War es so, wenn man eine Frau war? Alle waren plötzlich aufmerksam, mitfühlend, höflich. Carsten war ganz Kavalier gewesen, als sie ins Kino gekommen waren. Seine Hand war warm, lag in der seinen. Es war ungewohnt, aber es war nichts Falsches daran.

Er kannte ihn schon sehr lange. Sie hatten vieles miteinander geteilt, waren immer füreinander da gewesen, wenn es nötig gewesen war, jeder auf die ihm eigene Weise. Sie vertrauten einander. Und das hörte nicht damit auf, dass er jetzt ein Kleid und Stiefel mit hohen Absätzen trug. Carsten meinte es ehrlich, das wusste er, seine Gefühle waren echt. Und sicher hatte er sich schon längere Zeit Gedanken über diesen Schritt gemacht. Das war nicht plumpe Anmache, nicht spontane Anwandlung, unkontrollierter Trieb. Carsten hätte ihre Freundschaft nicht so leichtfertig auf's Spiel gesetzt.

Und er war erregt. In seinem Höschen, unter der Miederhose pochte es. Und das war in den vergangenen Tagen schon öfter so gewesen. Er war nicht dauerhaft erregt gewesen, aber dennoch. Die Erregung hatte kontinuierlich zugenommen, je mehr er sich auf seine Rolle hatte einlassen können.

Carsten holte ihn in die Gegenwart zurück, als er in seinem Sitz näher an ihn heranrückte. Er wollte nicht nur Händchenhalten. Er wollte mehr. Dieses Leder und der seidige Stoff auf Simones Beinen hatten sich so gut angefühlt, so geheimnis- und verheißungsvoll. Simone mit ihren schwarzen, langen, leicht lockigen Haaren und den großen Ohrgehängen war schön. Und wie sie geschminkt war – diese kirschroten, vollen Lippen! Und ihr Parfum! Anmachig. Verrucht!

Bei dem Termin letztens, als sie die Wohnung besichtigt hatten – das war der Augenblick gewesen, in dem sie ihn erobert hatte. Was für ein Körper! Diese Kurven – das war ihm vorher nie aufgefallen. Ob sie irgendwie nachgeholfen hatte? Aber wenn auch – Carsten störte das nicht. Für ihn war nur wichtig, dass das ganz seinem Geschmack, seinem Beuteschema entsprochen hatte. Genau wie diese schüchterne Art. Damals war der Wunsch geboren worden, es zu versuchen.

Er schmiegte sich vorsichtig ein wenig mehr an Simone an. Sie wich nicht zurück. Hielt noch immer seine Hand mit beiden Händen. Aber dann …

… begann sie, ganz vorsichtig seine Hand zu strei-

cheln. Carsten ließ es einige Zeit geschehen, dann streichelte auch er sie.

Dann schmiegte Simone sich enger an Carsten an.

Dann legte Carsten einen Arm um Simone und zog
sie näher an sich. Sein Kinn auf ihrem Kopf, den Duft
ihres Parfums in seiner Nase.

Aber er wollte sie nicht großväterlich auf ihren Kopf
küssen. Er bewegte sich etwas.

Sie bewegte sich etwas.

Und dann fanden sich die Münder und sie küssten
sich, er: verlangend, aber zunächst vorsichtig, sie: sich
des prallen Lippenstifts bewusst, sich verrucht fühlend,
ungläubig, zurückhaltend.

Aber alles fühlte sich richtig an. Da war das Kleid,
darunter der BH, das Höschen mit den Spitzen. Da
waren die Seidenstrümpfe und die wunderbaren, langen Stiefel mit den hohen Absätzen. Das war inzwischen alles ein Teil von ihr, das war *sie* – heute Abend
war sie *diese Frau*! Und nun wurde sie geküsst, von dem
Menschen, zu dem sie das meiste Vertrauen auf dieser
Welt hatte, in dessen Gegenwart sie sich absolut sicher
fühlte. Und sie küsste, wie man das als Frau tat, mit
Lippen voller Lippenstift, die rasierten Beine in Seidenstrümpfen gegen die Beine des anderen drängend …

Und sie war erregt. Am liebsten wäre sie das Miederhöschen losgeworden, es beengte sie. Das Ganze
war einfach erregend, auch wenn niemand hätte sagen
können, ob das richtig oder falsch war. Aber Carsten
wusste ja Bescheid! Da würde es keine Überraschung
geben, er wusste, was sie in ihrem Höschen hatte. Sie
fühlte ein Prickeln in ihrem Unterleib aufsteigen.

Plötzlich war da Carstens Hand. Sie fuhr unter das
weiche Leder des Kleids und blieb unmittelbar in ih-

rem Schritt liegen.

Bewegte sie sich? Drückte sie?

Es pochte und pulsierte im Höschen. Er musste es spüren.

„Zieh sie herunter!", flüsterte Simone. Sie hatte nur die Miederhose gemeint, doch Carstens Hand zog gleich beide Höschen herunter, bis sie Simone auf den Knien hingen. Und im nächsten Augenblick lag die Hand wieder in ihrem Schoß. Doch nun zuckte Simone zusammen. Carsten hielt die Hand flach, streichelte langsam das sich versteifende, wachsende Glied, hielt es so, dass es sich nicht aufrichten und eine Beule im Kleid erzeugen konnte. Dann umschloss er es.

Simone stöhnte leise. Sie hatte die Augen geschlossen und alles um sie herum vergessen. Aber sie spürte den BH, das Kleid, die Seidenstrümpfe, die Stiefel. Schmeckte den Lippenstift auf ihren Lippen, spürte die Schminke in ihrem Gesicht, die Haare, die ihr auf die Schultern fielen. Sie war eine Frau, fühlte sich wie eine Frau, auch wenn das, was Carsten in der Hand hatte, nicht dazu zu passen schien. Aber es war das, was pochte und stoßweise Lustgefühle durch ihren Körper jagte. Und Carsten war ein Mann. Es konnte nicht anders sein: Sie war die Frau!

Sie wollte nicht, dass er aufhörte.

Und er hörte nicht auf. Er blieb ganz zart, aber Simone war so erregt, dass sie nicht viel mehr brauchte, um die Lust noch zu steigern.

Carsten hielt in seiner Bewegung inne, aber sie flüsterte: „Nicht aufhören!" Also machte er weiter. Bis Simones Unterleib zu zucken begann und Carsten spürte, wie das Pochen in Pumpen überging und seine Hand feucht wurde.

Simone presste ihre Lippen aufeinander und stöhnte leise in sich hinein. Das Pumpen dauerte an, ganz offensichtlich hatte sich in den vergangenen Wochen, in denen Simone ohne Unterbrechung Frau gewesen war, einiges angestaut, das nun herausdrängte.

Es wurde feucht unter dem engen Lederkleid. Carsten ließ seine Hand ruhig liegen. Als das Pumpen nachließ, machte er leichte Melkbewegungen, verlängerte noch das wunderbare Gefühl, das Simone durchflutet hatte. Bis es dann endlich doch zu Ende ging und Simone ihren Unterleib wieder in den Sitz sinken ließ. Die Augen hielt sie noch geschlossen.

Aber sie sah glücklich aus, sie lächelte, während sie versuchte, ihren zurückgehaltenen Atem wieder unter Kontrolle zu bringen. Carsten näherte sich ihrem Gesicht, küsste sie auf Stirn, Nase, Mund. Sie erwiderte seinen Kuss zart, aber genüsslich. Dann flüsterte sie: „Du schlimmer Junge!" Öffnete die geschminkten Augen und sah ihn mit verschleiertem Blick an.

Sie sanken beide in die Sitze, entspannten sich. Irgendwann nahm Carsten seine Hand aus Simones Schoß. Doch bevor er sie mit einem Taschentuch abwischen konnte, ergriff sie sie, flüsterte: „Wie macht das doch gleich eine brave Frau?" Sie führte seine Hand an ihren Mund und begann sie abzulecken. Mit breiter Zunge und langsamen Bewegungen schleckte sie alles ab. Carsten wurde es warm.

Als Simone fertig war und sich die Lippen noch einmal abgeleckt hatte, lächelte sie ihn an: „Jetzt müsste ich mir eigentlich die Nase pudern gehen. Schließlich ist auch in meinem Kleid alles feucht. Allerdings …"

„Allerdings?"

„Wenn ich schon einmal so derangiert bin …"

„Dann?"

„Nun, ich hatte meinen Spaß. Aber was ist mit dir?"

„Ich hatte auch meinen Spaß.

„Ja, aber wo wir es doch gerade schon von der ‚braven Frau‘ hatten …

„Ja?"

„…"

„Du meinst, du würdest mir noch einen Gefallen tun?"

Simone lächelte. „Irgendwie scheine ich auf den Geschmack gekommen zu sein."

„Und du würdest, bevor du dir die Nase pudern gehst, erst noch …"

„Wenn es dem Herrn der Schöpfung gefällt!"

Carsten sah sich um. Tatsächlich waren sie in diesem vorderen Bereich des Kinos so gut wie allein, die anderen Besucher saßen sehr viel weiter hinten.

„Und ob!" Damit setzte er sich auf und griff an seinen Reißverschluss.

Doch Simone hielt ihn zurück. „Das ist die Aufgabe der ‚braven Frau‘!"

Sie rutschte unauffällig von ihrem Sitz hinunter und kniete sich vor Carsten hin. Dann öffnete sie seinen Gürtel, den Knopf, den Reißverschluss und griff mit langsamen Bewegungen in die Öffnung hinein. Durch den Stoff der Unterhose streichelte und knetete sie zunächst ein wenig, dann verrutschte sie auch die Unterhose so, dass Carstens Penis sich aufstellen konnte. Er war bereits hart und stand aufrecht.

Was nun kam, hatte Andreas bisher nur in Pornos gesehen. Er versuchte sich an jede Einzelheit zu erinnern und vollzog sie andächtig nach. Anders als in den professionellen Pornos bedurfte es allerdings keines allzu langen Bemühens, um die nötige Festigkeit herzustellen. Simone konnte sich ganz auf das Verwöhnen und das Spiel mit der Verzögerung konzentrieren. Mehrmals war Carsten nahe daran, zu kommen, doch sie hörte unmittelbar vor dem Höhepunkt auf und ließ ihn sich wieder etwas beruhigen.

Bis sie den Eindruck hatte, dass es nun an der Zeit sei, zumal es auch ihr längst schon wieder heiß geworden war und sich auch ihr Stab, noch immer ohne Höschen, wieder versteifte.

Und so kam auch Carsten, und auch ihm merkte man die Erregung an der Länge und Intensität seines Orgasmus an. Er stieß in Simones Mund, und sie schloss ihre Lippen so fest, dass der Druck zusätzlich erhöht wurde. Sie ließ keinen Tropfen entweichen, nahm alles in den Mund, zeigte ihm, als er nicht mehr weiter pumpte, den Inhalt ihres Munds, der gut gefüllt war mit seinem weißen Saft, und schluckte dann vor seinen Augen genüsslich alles herunter.

Und wieder leckte sie sich lächelnd ihre Lippen. „Ja, definitiv, ich bin auf den Geschmack gekommen." Dann leckte sie auch Carsten sauber und küsste zum Abschluss die Spitze seines Liebesstabs zärtlich.

Schließlich setzte sie sich wieder in ihren Kinosessel und streifte Höschen und Miederhose über ihre Beine, bis sie wieder dort saßen, wohin sie sie am Beginn des Abends gezogen hatte.

„Nun muss ich mir *definitiv* die Nase pudern, und würde dafür nur ungern bis zur Pause warten, wenn all die anderen Leute auch unterwegs sind und auf der Damentoilette tausend Frauen stehen, die nichts anderes zu tun haben, als mich anzustarren und so zu tun, als wenn sie etwas riechen würden."

„Soll ich mitkommen?"

„Das schaffe ich allein. Bleib ruhig hier und erhole dich, meine Held!"

Den Rest des Abends verbrachten sie größtenteils eng umschlungen. Selbst in der Eisdiele änderte sich daran nichts. Anschließend gingen sie zu Carsten, und auch wenn das bedeutete, dass Simone am nächsten Morgen in ihrem verruchten Outfit durch die halbe Stadt würde gehen müssen, blieb sie über Nacht.

Auf die Idee, statt ihres verruchten Outfits Hose und Pullover von Carsten anzuziehen, um nach Hause zu gehen, kam sie nicht. Und wenn sie doch darauf gekommen war, ließ sie den Gedanken schnell wieder fallen.

## Nach Hause kommen

Die Zeit verging. Inzwischen waren es sechs Wochen, seitdem Martins Opa gestorben war, und die echte Simone hatte sich noch immer nicht gemeldet. „Möglicherweise weiß sie noch gar nichts vom Tod ihres Ehemanns", mutmaßten die Verschwörer, „und wartet einfach so lange, bis wir ihr eine Nachricht schicken."

„Aber das haben wir schon getan. Auf die Nachrichten auf ihrem Handy reagiert sie nicht und eine E-Mail-Adresse von ihr haben wir nicht."

„Nicht? Ganz bestimmt nicht? Offensichtlich geht sie doch davon aus, dass wir uns melden werden, wenn etwas ist."

„Also, ich habe nichts," sagte Martin bestimmt. „Und, *by the way*, wenn ich eine Adresse hätte, würde ich sie auf der Stelle verlieren. Ich wäre doch schön blöd, wenn ich sie auch noch herlocken würde."

Ihnen blieb also nichts als zu warten und weiter zu versuchen, so viel von dem Erbe für sich zu sichern, wie es nur ging, bevor die echte Simone, die sie inzwischen nur noch ‚die Erbschleicherin' nannten, zurückkehrte.

Entsprechend blieb Andreas in seiner Rolle als junge Witwe, die in aller Bescheidenheit alles regelte, was nach dem Tod ihres Ehemanns zu regeln ist.

„Was ist nun mit der Wohnung?", fragte Martin eines Tages. „Ich meine die Wohnung für dich, Simone. Wir müssen dem Verwalter irgendwann etwas sagen."

„Nun", mischte sich Carsten ein, „wieso sollte Simone sie eigentlich nicht nehmen? Ich meine, in dem Augenblick in dem die Erbschleicherin hier auftaucht, muss Simone sowieso verschwinden, und dann bleibt eben alles, was darin ist, hier. Bis dahin aber könnte Simone dort leben, statt weiterhin Annette auf die Nerven zu gehen."

„Sie geht mir nicht auf die Nerven!", protestierte Annette ohne zu zögern. „Ganz im Gegenteil, wir haben uns aneinander gewöhnt, und wenn sie ausziehen würde, müsste ich mich auch daran erst wieder gewöhnen." Sie grinste Andreas verschwörerisch an.

Andreas lächelte zurück.

„Und du, Simone?"

„Ich weiß nicht so recht." Andreas schaute ratlos. Wie er im kurzen Rock und nur mit einem knappen Top über dem sich deutlich abzeichnenden BH dasaß, die Beine übereinandergeschlagen und mit dem einen Fuß in einer zarten, roten Sandalette mit hohem, schmalen Absatz wippend, hätte man nicht glauben können, dass Andreas nicht schon sein ganzes Leben so gekleidet war.

„Nehmen wir einmal an, Simone beschließt, in die Wohnung einzuziehen. Dann bräuchte sie Möbel, eine ganze Wohnungsausstattung. Die Wohnung ist ja leer."

„Wir könnten klein anfangen. Man braucht nicht sofort eine Sofagarnitur, Zimmerpflanzen und ein 64teiliges Kaffee-Service. Bett, Tisch, ein paar Stühle – das reicht erst einmal."

„Einen gepackten Koffer statt Schrank. Denn sobald Simone auftaucht, muss ich verschwinden."

„Dann brauchst du nicht einmal den Koffer. Du kehrst einfach in dein Leben als Andreas zurück und lässt alles hier, was zu deinem Leben als Frau gehört hat."

„Die schönen Kleider?" Das war Andreas so herausgerutscht, aber inzwischen wussten ohnehin alle, dass er an seiner Aufgabe im Laufe der Wochen, die vergangen waren, einige reizvolle Seiten entdeckt hatte, die er durchaus genießen konnte. Und nicht zuletzt hatte er auch selbst viele Dinge, darunter Schmuck, gekauft, hatte sein eigenes Geld dafür ausgegeben.

„Wir können sie dir ja heimlich bringen."

„Was heißt heimlich: niemand weiß, dass Andreas Simone ist. Wir können ihm die Sachen ganz offiziell geben. Schließlich muss er sich nicht einmal verstecken."

„Gut. Okay. Jetzt anderes Extrem: Die Erbschleicherin taucht gar nicht hier auf."

„Wie sollte das gehen? Irgendwann wird sie garantiert hier auftauchen."

„Aber es ist doch komisch, dass wir so gar nichts von ihr hören."

„Es sind erst ein paar Wochen."

„Sechs."

„Okay, sechs. Aber vielleicht hatte sie genau sechs Wochen Urlaub geplant. Oder sie hatte ein gutes Angebot und hat verlängert. Oder sie hatte einen Unfall und liegt irgendwo im Krankenhaus. Oder sie hat ein anderes Opfer gefunden, bei dem die Sache noch schneller ging. Oder …"

„Okay, okay, hab schon verstanden."

„Also, was ist, wenn sie gar nicht auftaucht."

„Dann erledigen wir unsere Erbschaftsangelegenheiten und sobald die Sache vollständig über die Bühne ist, feiern wir eine große Party und dann kann Simone wieder Andreas werden."

„Und was ist mit der Wohnung?"

„Simone kann ganz offiziell ausziehen. Ende. Sie geht auf Reisen oder zieht in eine andere Stadt oder wird von ihrem Traumprinzen gefunden und entführt. Der Verwalter soll die Wohnung weitervermieten und fertig. Kein Problem."

Alle sahen sich an.

„Oder sie bleibt darin wohnen, bis sie keine Lust mehr hat, Simone zu sein", schlug Carsten vor. Alle sahen ihn überrascht an. „Ich meine, mit dem Geld, um das es hier gerade geht, könnt ihr alle doch bis an euer Lebensende leben, ohne wieder arbeiten zu müssen."

„Na, *so* viel ..."

„Doch, ist es. Wenn man das Geld, so weit das nicht bereits geschehen ist, richtig anlegt, könnt Ihr drei – du, deine Mutter und Simone – gut und gerne auskommen, ohne dass das Geld wirklich weniger wird."

„Außerdem, Martin: selbst wenn ich jetzt Simone bin und deine Mutter mich behandelt, als wenn ich ihre lange vermisste Tochter wäre, dann werde ich ja trotzdem nicht erben. Ich meine: Andreas wird nicht erben. Du musst also nur für dich und deine Mutter rechnen."

Martin nickte. „Tut mir leid, Simone, das sehe ich ein bisschen anders. Und meine Mutter auch: Falls du beschließen solltest, Simone zu bleiben, dann wärest du *auf jeden Fall* die dritte im Bund!"

„Wie bitte?"

„Na, frag mal meine Mutter. Es vergeht kein Tag, an dem sie sich nicht darüber beklagt, dass du nicht wirklich Simone bist und uns irgendwann wieder verlassen wirst."

„Aber ich verlasse euch doch nicht ..:"

„Du weißt schon, was ich meine. Du trägst zwar ein Röckchen und High heels, aber du bist ja nicht blond.

Jedenfalls: Frag sie mal! Frag sie, was sie davon hält, wenn du, also: Simone, nicht etwa verschwindet, sondern bleibt. Sie würde sofort dafür sorgen, dass du genügend von dem Erbe bekommst, dass du nicht selbst zu arbeiten brauchst. Hauptsache, du bleibst bei uns. Und wenn du es mir nicht glaubst: So hat sie selbst es gesagt!"

Andreas schaute irritiert in die Runde.

„Ich scheine nicht die einzige zu sein, die sich an die Anwesenheit von Simone gewöhnt hat und sie ernsthaft vermissen würde, wenn sie uns wieder verlässt", ließ Annette sich hören.

Carsten warf Andreas einen vielsagenden Blick zu.

„Hey", stöhnte Andreas, „so war das aber nicht abgemacht."

„Das Leben ist Wandel."

„Alles fließt."

„Du steigst nicht zweimal in denselben Fluss."

Martin stutzte. „Was soll uns das jetzt sagen?"

„Keine Ahnung. Kam mir gerade so in den Sinn. Stammt von dem alten Heraklit, glaube ich. Dann muss es wichtig sein. Außerdem stammt das ‚Alles fließt' auch von dem."

„Von dem in der Tonne?"

„Nee! Das war doch Aristoteles!"

„Du meinst, der mit der fünften Sinfonie?"

„Freude schöner Götterfunken?"

Alle lachten.

„Okay, aber wir sind vom Thema abgekommen. Eigentlich ging es um die Wohnung. Was machen wir jetzt?"

„Also, jetzt mal unabhängig davon, dass ihr mich offensichtlich lieber habt, wenn ich im Rock und geschminkt und mit langen Haaren herumlaufe und überall Lippenstift auf den Gläserrändern zurücklasse…"

„So lange du nicht immer die Tampons ins Klo schmeißt, statt in den Hygienebeutel, ist uns das egal!"

„… scheint es doch keinen zwingenden Grund zu geben, warum wir die Wohnung jetzt schon aufgeben sollten. Ich meine, mir gefällt sie. Ich würde durchaus einziehen, und wenn es nur für eine oder zwei Wochen ist. Bis dahin ist die andere Simone sicher wieder da."

„Na, dann ist doch alles geklärt! Gibt's irgendwelche Einwände?"

Alle sahen sich an.

„Keine? dann werde ich dem Verwalter sagen, dass du einziehst. Vielleicht hat er ja sogar noch ein paar Möbel irgendwo herumstehen, die du verwenden könntest. Und je länger das Ganze dauert, desto schöner können wir die Wohnung gestalten. Super!"

Und so machten sie es.

Eine Woche später zog Simone in die Jugendstil-Wohnung ein. Die Einbauschränke im Ankleidezimmer boten genügend Platz, um die Kleidung unterzubringen, die sich inzwischen angesammelt hatte. Und alles Übrige passte ohnehin in einen Koffer. Und der Verwalter konnte tatsächlich mit Möbeln aushelfen, noch dazu zum Teil mit solchen, die vom Stil her durchaus in diese Wohnung passten: Ein großes Jugendstil-Bett mit geschwungenen Ornamenten, einen großen Esstisch mit sechs Stühlen, eine dazu passende Anrichte und verschiedene andere Möbel, die er irgendwo gehortet hatte, machten die Wohnung wohnlicher, zumal auch ein paar altertümliche Teppiche hinzu kamen. Zur Einweihungsparty – im kleinen Kreis – wurden vor allem Zimmerpflanzen geschenkt und Martins Mutter machte sich ohne weiteres an das Nähen von Gardinen und Vorhängen. Zwei Wochen später sah die Wohnung schon so aus, als wenn sie nahezu vollständig ausgestattet wäre.

Und Andreas genoss es.

Auf Annettes ausdrückliches Insistieren – und auf Carstens Hinweis, dass sie alle wegen Betrugs eingelocht würden, wenn herauskäme, dass Simone nicht die echte Simone ist – durfte er auch nach zwei Monaten noch nicht aus der Rolle fallen. Er musste weiterhin durch und durch glaubwürdig die junge Witwe spielen, in der Wohnung durfte nichts sein, das darauf hingewiesen hätte, dass hier ein Mann wohnte. Sobald die schlechtere Simone wieder auftauchte und die bessere von einem auf den anderen Augenblick verschwinden musste, wären solche Hinweise fatal gewesen – Andreas hätte sich dann auch als Andreas nicht wieder hier blicken lassen können.

Also lebte er weiter als Simone, und zwar vollständig. Aus Gründen der Stimmigkeit lagen sogar die besagten Tampons und Binden im Bad – ordentlich aufgeräumt, so wie eine Frau das gewöhnlich macht, samt Eimerchen für die gebrauchten. Bei den Schminkutensilien musste er nicht spielen, die benötigte er täglich. Und entsprechend gab es keinen Männerschlafanzug – Andreas schlief im Nachthemd –, keine Männerunterwäsche, keine Männerlektüre in der Wohnung, keine Männerjacke an der Garderobe und kein Rasierzeug und Rasierwasser im Bad.

Jedenfalls vorerst.

Irgendwann gab es solche Utensilien plötzlich aber

doch, jedenfalls vereinzelt.

Denn es dauerte nicht lange, bis auch Carsten die neue Wohnsituation zu genießen begann. Seine Besuche wurden häufiger und nach wiederum einiger Zeit dauerten sie nicht selten über Nacht. Eine Zahnbürste tauchte auf und an der Garderobe, die es inzwischen im Flurbereich gab, blieb mehrmals doch eine Männerjacke hängen, nur war sie eben von Carsten und nicht von Andreas.

Inzwischen waren fast drei Monate vergangen.

Carsten saß mit Andreas in der Küche. Andreas hatte eine Schürze umgebunden und versuchte sich im Kochen. Carsten hatte das Kochbuch vor sich und beantwortete Fragen, sobald Andreas nach einer Zutat oder dem nächsten Schritt fragte. Dann las er die entsprechende Passage vor und Andreas setzte das Gehörte in die Tat um.

Als eine längere Phase bevorstand, in der abzusehen war, dass Carsten nichts vorzulesen haben würde, legte er das Buch weg, lehnte sich im Stuhl zurück und sah Andreas an. Der trug ein Sommerkleid, denn es war merklich wärmer geworden, hatte frisch lackierte Fingernägel, das Haar, aus dem inzwischen die *Extensions* verschwunden waren und eine fähige Friseurin eine wunderbare fast-Langhaarfrisur gezaubert hatte, war zu einem kurzen Pferdeschwanz zusammengebunden, und selbst die Schürze, fand Carsten, sah hinreißend aus.

„Sehnst du dich nicht nach deinem alten Leben zurück?"

Andreas war mit irgendetwas beschäftigt, was seine ganze Konzentration in Anspruch zu nehmen schien.

„Wie meinst du das?"

„Ich meine dein Leben als Mann."

Wieder brauchte Andreas längere Zeit, um zu antworten.

„Was ist damit?"

„Na, ob du dich darauf freust, wenn du es dann irgendwann wieder führen kannst."

Er wartete.

„Ich meine, dann brauchst du zum Beispiel deine Fingernägel nicht mehr ständig neu zu lackieren oder musst nicht mehr so unendlich viel Zeit mit Schminken und Frisieren verbringen."

„Das muss ich eigentlich sowieso nicht mehr. Ich habe inzwischen in all dem ja ziemlich viel Übung, wie du dir denken kannst."

„Dann wirst du deine Haare weiter wachsen lassen, so dass du dir einen richtigen Zopf flechten kannst?"

„Warum nicht. Lange dauert das nicht mehr. Vielleicht zwei, drei Monate. Und dann sind ja auch ganz andere Frisuren möglich."

Carsten sah Andreas erstaunt an. Dann nickte er. „Theoretisch haben auch Frauen Kurzhaarfrisuren. Das heißt, du brauchst eigentlich nicht wirklich lange Haare, um eine Frauenfrisur hinzubekommen. Die Hauptsache ist wohl, dass sie lang genug sind, dass der Friseur daraus eine Frauenfrisur machen kann."

Andreas rührte weiter im Topf herum. „Was für eine Frisur würde dir denn gefallen?"

„Mir?" Carsten zögerte. „Also, mir gefallen grundsätzlich längere Haare. Und geflochtene Zöpfe, wie du ja vielleicht schon gemerkt hast. Aber das kommt natürlich immer auf den Typ Frau an. Ich denke, wenn wir nach Inspiration suchen, sollten wir uns im Netz mal Bilder angucken, um zu sehen, was für dich in Frage käme."

Andreas rührte weiter im Topf herum.

„Ich finde auf Dauer richtig lange Haare toll", fuhr Carsten fort. „Damit kann man sicher auch vieles machen. Von Hochsteckfrisuren bis zur wilden Mähne.

Andreas nickte. „Ich mag das auch."

„Eine Hochsteckfrisur ist so elegant ... und weiblich!"

Wieder nickte Andreas. „Mmm."

„Also, du mit einer Hochsteckfrisur ... eine freche Haarlocke, die sich nicht bändigen lassen will, in der Stirn; eine zarte Kette um den Hals, dazu passende Ohrringe, ein elegantes Abendkleid, schicke Schuhe mit hohen Absätzen – das sähe bestimmt ... traumhaft aus."

Andreas legte den Löffel, mit dem er gerührt hatte, neben den Topf auf den Ofen und setzte sich zu Carsten an den Küchentisch. „Wirklich? Findest du das?"

Carsten rückte auf seinem Stuhl näher. Dann fügte er leiser hinzu: „Ganz bestimmt finde ich das! Ich finde, du bist eine wunderschöne Frau geworden! Du siehst toll aus. Und wie toll du dich inzwischen schminkst! Ich *liebe* ja Lidstriche, habe ich das schon mal gesagt?"

„Nicht öfter als dreißig oder vierzig Mal."

„Hätte ich das nicht schon getan, würde ich mich immer wieder neu in dich verlieben. Und die Aussicht, dass du so toll aussehen würdest, so ... geil ..."

Andreas sah Carsten lange an. „Meinst du das wirklich?"

Carsten rückte so nahe, dass er seine Hand auf den warmen Oberschenkel legen konnte, der wie immer in einem zarten Nylonstrumpf steckte. Carsten wusste, dass der Strumpf einen breiten Spitzenrand hatte und mit Strapsen am Strumpfhalter befestigt war. Dieses Wissen ließ ein wohliges Prickeln durch seinen Körper laufen.

Auch Andreas rückte näher. „Ich fühle mich so wohl in dieser … Rolle! Ich meine, diese Kleidung ist so wunderbar. Und das Schminken macht mir nichts aus, im Gegenteil: Ich liebe es, wenn ich weiß, dass es dir gefällt!"

Carsten begann, sanft den Oberschenkel zu streicheln.

„Ich kann es mir nicht erklären. Früher war ich nicht schwul. Ich hätte nicht gedacht, dass mir soetwas passieren kann. Aber jetzt …"

Andreas suchte nach Worten.

„Ich habe auch nie gemerkt, dass ich irgendwie ‚im falschen Körper' stecken könnte, oder soetwas. Ich bin niemals auf den Gedanken gekommen, dass ich vielleicht kein richtiger Mann bin, viel besser eine Frau wäre, wie das Transsexuelle so oft erzählen."

„Tun sie das?"

„Ich habe inzwischen einiges darüber gelesen. Genug, um zu wissen, dass ich eigentlich nicht transsexuell bin."

Er nahm Carstens Hand und führte sie direkt in seinen Schritt. Dann veranlasste er sie, seinen Schwanz zu kneten.

„Früher wäre ich nie auf die Idee gekommen, dass mir das guttun könnte! Aber jetzt …"

Er schloss die Augen, genoss die Bewegungen von Carstens Hand und seine Nähe und seufzte schließlich: „Das ist irgendwie … wie nach Hause kommen."

Carsten lächelte. „Nach Hause kommen? Heißt das,

dass du möglicherweise so bleiben willst?"

Andreas öffnete wieder die Augen. „Es ist noch etwas früh, das zu sagen. Vielleicht sollten wir erst noch etwas Zeit vergehen lassen, so ein halbes Jahr vielleicht oder ein ganzes. Aber, ja, im Augenblick muss ich sagen, dass ich mich in dieser Rolle viel wohler, viel mehr ich selbst fühle, als ich es jemals als ,Andreas' gefühlt habe."

„Du wirkst auch so. So ganz und gar glaubwürdig."

„Ja, ich fühle mich plötzlich *ganz*. So habe ich mich vorher noch nie gefühlt. Da hat immer irgendetwas gefehlt in meinem Empfinden. Ich habe immer auf etwas gewartet, das aber nicht gekommen ist und von dem ich auch nicht wusste, was es sein würde."

Carsten nickte wieder. „So wirkst du auch. Ich meine: *ganz*. Vollständig."

Die beiden blickten sich eine Zeit lang tief in die Augen.

„Vielleicht", fuhr Carsten dann vorsichtig fort, „möchtest du demnächst ja noch andere Kleider anprobieren. Vielleicht … Brautkleider. Wer weiß, ob du nicht bald in die Verlegenheit kommst, ganz dringend eines zu brauchen …"

„… zu meiner wunderschönen Hochsteckfrisur mit der frechen Haarlocke?"

„Und der zarten Kette um den Hals und den schicken, hochhackigen Brautschuhen …"

„Und den weißen Seidenstrümpfen mit Spitzenbesatz?"

„Das Strumpfband nicht zu vergessen …"

„… und den Ring am Finger!"

# Inhalt

**Von Catherine May sind in der Reihe „Cross-dresser-Erzählungen" bisher erschienen:**

**„Neun Tage Frau – Teil 1"**
(Crossdresser-Erzählungen – Band 1)
197 Seiten
ISBN: 978-3-7392-2829-9

**„Neun Tage Frau – Teil 2"**
(Crossdresser-Erzählungen – Band 2)
190 Seiten
ISBN: 978-3-7392-2999-7

**„Im Kleinen Schwarzen. Erotische Erzählung"**

*erschienen in mehreren Teilen:*

Teil 1 (Crossdresser-Erzählungen – Band 3), 64 Seiten
ISBN: 978-3-7412-7242-4

Teil 2 (Crossdresser-Erzählungen – Band 4), 80 Seiten
ISBN: 978-3-7431-2847-7

Teil 3 (Crossdresser-Erzählungen – Band 5), 88 Seiten
ISBN: 978-3-7431-9482-3

Teil 4 (Crossdresser-Erzählungen – Band 6), 84 Seiten
ISBN: 978-3-7448-5187-9

Teil 5 (Crossdresser-Erzählungen – Band 7) 92 Seiten
ISBN: 978-3-7460-4948-9

*Die Erzählung „Im Kleinen Schwarzen" wird fortgesetzt*

## Zuletzt erschienen:

**„Ein Sommertagtraum"**
(Crossdresser-Erzählungen – Band 9)
176 Seiten
ISBN 978-3-7481-4067-2

„Wiederum brach ein neuer Tag an. Als Peter erwachte, sah er als erstes seine lackierten Fingernägel. Sie waren rosarot und in eine Form gefeilt, die er zuvor an seinen eigenen Nägeln noch nie gesehen hatte. Er erkannte sie kaum wieder. Ähnlich erging es ihm mit seinen Füßen, auch sie sahen vollkommen verändert aus. *Mehr Mädchen* schien nicht mehr zu gehen ..."

Bei der Erzählung handelt es sich um den Tagtraum eines Jugendlichen im Zuge der Entdeckung seiner verstörenden Vorliebe für Mädchenkleidung. Ein bewusst perfekter Traum, in dem die verunsichernde Anziehung, die die Kleidung des anderen Geschlechts auf ihn ausübt, nicht auf Ablehnung, sondern auf echte Liebe trifft.

*Verlag und Autorin freuen sich über Rückmeldungen*
*auf www.bod.de/buchshop oder www.amazon.de.*